Παραμύθια της μαμάς, του μπαμπά

Κατασκευή Εξωφύλλου: Νεφέλη Καραδέδου - Ισουά
Εικονογράφηση: Νεφέλη Καραδέδου - Ισουά
Επιμ. Έκδοσης: Εκδόσεις Μέθεξις

© Copyright Εκδόσεις Μέθεξις 2012
Κεραμοπουλου 5, Θεσσαλονίκη ΤΚ 546 22
Τηλ. - Φαξ: 2310-278301
e-mail: info@metheksis.gr
www.metheksis.gr

ISBN: 978-960-6796-36-4

Αριθμ Έκδοσης 44

Μαρία Θεοδώρου, Μάγδα Καπριανού, Δομνίκη Καράτζιου,

Μαρία Κατσαούνη, Ζωή Κριάρη, Αλεξάνδρα Λεονταρίτου,

Αμαλία Πικρίδου Λούκα, Ιωάννα Σκάλκου, Κατερίνα Σούρβου

παραμύθια της μαμάς, του μπαμπά

μέθεξις ΕΚΔΟΣΕΙΣ

Θεσσαλονίκη 2012

Περιεχόμενα

Όχι άλλες τέλειες Ζωγραφιές !

Συγγραφέας: Μαρία Θεοδώρου

Μικρέ μου φίλε, σε εσένα μιλάω. Σε εσένα,που καμιά φορά νιώθεις,πως δεν τα καταφέρνεις σε κάτι τόσο καλά, όσο θα ήθελες, και αυτό σε στεναχωρεί. Σε εσένα που καμιά φορά νομίζεις,πως οι φίλοι σου θα σε αγαπούσαν κατιτί παραπάνω, αν έβαζες περισσότερα γκολ στον αγώνα ή έτρεχες γρηγορότερα. Αν έτσι σκέφτεσαι, νομίζω ότι ήρθε η ώρα, να σου συστήσω τον Πέτρο.

Ο Πέτρος είναι ένα μικρό αγόρι, περίπου στην ηλικία σου και ζει σε μια πόλη, όχι μακριά από την δική σου.

Ο Πέτρος έχει πολλά πράγματα, που θα έπρεπε να τον κάνουν να είναι χαρούμενος και ευτυχισμένος.

Έχει δύο γονείς που τον αγαπούν και μία καταπληκτική τσαχπίνα μικρή αδερφή. Έχει ένα αστείο και φασαριόζικο σκυλάκι, τον Ρούμπη ή Ρούμπιο Βεζούβιο όπως συνηθίζει να τον αποκαλεί η μαμά του, γιατί δεν έχει αφήσει τίποτα όρθιο.

Έχει επίσης πολλούς φίλους, μία αυλή για να παίζει μαζί τους και ένα σωρό ενδιαφέροντα πράγματα να κάνει στον ελεύθερό του χρόνο.

Πηγαίνει σχολείο και τρελαίνεται να παίζει ποδόσφαιρο ή να κάνει Καράτε.

Παρόλα αυτά ο Πέτρος δεν είναι πάντα χαρούμενος, όπως θα νομίζεις σίγουρα. Μερικές φορές κάτι τον απασχολεί και του χαλάει την διάθεση.

Λέει,ας πούμε, να ζωγραφίσει με τους καινούριους του μαρκαδόρους και ξεκινάει γεμάτος χαρά και ενθουσιασμό. Μετά από λίγο όμως,όλο και κάτι υπάρχει στην Ζωγραφιά του, που δεν του αρέσει, μία γραμμή ή ένα χρώμα. Τότε θυμώνει πολύ με τον εαυτό του, και σκίζει την ζωγραφιά του απογοητευμένος.

Ή όταν άλλες φορές παίζει ποδόσφαιρο, την πιο αγαπημένη του ασχολία, το ευχαριστιέται πραγματικά μόνο όταν κερδίσει η ομάδα του και βάλει και ο ίδιος κανένα γκολ. Αλλιώς κλάφτα Χαράλαμπε!! Ποιος άκουσε τον Πέτρο και δεν τον φοβήθηκε!

Οι γονείς του του έχουν πει πολλές φορές ότι βρίσκουν τις ζωγραφιές του πολύ όμορφες. Όμως ο Πέτρος δεν τους πιστεύει.

Του έχουν εξηγήσει πως, όταν παίζουμε με τους φίλους μας,σημασία έχει να το χαιρόμαστε και όχι η νίκη. «Όμως»σκέφτεται ο Πέτρος «γιατί να παίξεις, αν είναι να χάσεις;»

Πόσες φορές δεν του έχουν πει, ότι τα καταφέρνει πολύ καλά σε όλα και ότι η προσπάθεια θα φέρει και τα καλά αποτελέσματα. Τα καλά αποτελέσματα; Ο Πέτρος δεν θέλει καλά αποτελέσματα. Θέλει τέλεια αποτελέσματα! Θέλει να είναι τέλειος ! Ο καλύτερος σε όλα! Θέλει να λένε όλοι : «Για δες, τι καλά που τα καταφέρνει ο Πέτρος !»

Κάθε βράδυ, όταν ξαπλώνει στο κρεβάτι του, αυτές οι σκέψεις περνούν από το μυαλό του :

«Μακάρι να μπορούσα να ζωγραφίζω τέλεια, όπως οι εικόνες που βγαίνουν από τον υπολογιστή.»

«Μακάρι να ήμουν ένας διάσημος ποδοσφαιριστής, να, σαν τον Μέσση, και να έβαζα συνέχεια γκολ και να κέρδιζα σε όλα τα παιχνίδια!»

«Και τι καλά που θα ήταν, να μην έκανα ποτέ λάθος στις ορθογραφίες και τις εργασίες του σχολείου !»

Αυτά σκέφτεται ο Πέτρος κάθε βράδυ, ώσπου μια μέρα, την ώρα που γυρνά από το σχολείο, συμβαίνει κάτι παράξενο....

Ο Πέτρος είναι για άλλη μια φορά απογοητευμένος, γιατί σε μια εργασία, που τους επέστρεψε η κυρία Γεωργία, η δασκάλα του, έγραφε από κάτω, ένα σκέτο «Καλά». Ούτε «Άριστα», ούτε «10'», ούτε «Μπράβο», τίποτα από αυτά, που είχε δει ο Πέτρος σε κάποιες από τις εργασίες των συμμαθητών του. Στεναχωρημένος λοιπόν ο Πέτρος, ξεκινά για το σπίτι του, κλοτσώντας τα πετραδάκια που βρίσκει στον δρόμο, ενώ σκέφτεται ξανά και ξανά τα ίδια.

Και τότε κάτι άλλαξε ! Ο ίδιος ο Πέτρος δεν κατάλαβε τίποτα. Ούτε είναι γνωστό αν κάποιος άλλος είδε ή κατάλαβε κάτι. Αν ίσως περνούσες εκείνη την στιγμή από εκεί, ίσως να παρατηρούσες ένα μικρό αγοράκι να περπατάει με κατεβασμένο κεφάλι, φανερά στεναχωρημένο, στο δρόμο. Ίσως να έβλεπες και την περίεργη λάμψη που έπεσε ξαφνικά πάνω στον Πέτρο, σαν από το πουθενά. Και αν ήξερες, τι ευχόταν εκείνη την στιγμή το αγοράκι, ίσως να έκανες την σκέψη, πως κάποιος, μια νεράιδα ίσως ή ένα αστέρι των ευχών, να το άκουσε και να αποφάσισε να πραγματοποιήσει την ευχή του. Αλλά δεν ξέρω, αν τελικά κάποιος είδε κάτι. Έτσι μόνο υποθέσεις μπορώ να κάνω.

Αυτό που μπορώ να σου πω με σιγουριά, είναι πως εκείνη την ημέρα, η ζωή του μικρού Πέτρου, αλλάζει. Η ευχή του πραγματοποιείται. Ο Πέτρος από εκείνη την στιγμή και μετά,τα καταφέρνει πια καλύτερα από όλους σε όλα.

Ή πρώτη ένδειξη έρχεται το απόγευμα. όταν πάει για ποδόσφαιρο. Στον αγώνα που παίζουν μετά την προπόνηση, η ομάδα του Πέτρου κερδίζει την αντίπαλη ομάδα με 5-0. Και τα πέντε γκολ τα βάζει ο Πέτρος, συν το ότι εμποδίζει σε δύο φάσεις την αντίπαλη ομάδα να βάλει γκολ. Μετά το τέλος του παιχνιδιού, όπως είναι φυσικό, ο Πέτρος είναι ο ήρωας του αγώνα. Οι φίλοι του τον αγκαλιάζουν πανηγυρίζοντας και του λεν αμέτρητα μπράβο. Ο Πέτρος είναι αφάνταστα χαρούμενος και περήφανος για τον εαυτό του. Τα κατάφερε!!!

Την άλλη μέρα στο σχολείο, οι εργασίες του έχουν όλες «Άριστα 10 '».

Ο Πέτρος κερδίζει σε όλα τα παιχνίδια που παίζει εκείνη την ημέρα επιτραπέζια ή μη.

Καταφέρνει ακόμα και να τερματίσει το παιχνίδι, που παίζει εκείνο τον καιρό στο Nintendo του, και που τον δυσκόλευε το τελευταίο δίμηνο.

Και τα πράγματα συνεχίζονται έτσι. Όλα τα καταφέρνει πια ο Πέτρος. Πάντα κερδίζει. Καμία κατασκευή και κανένα Puzzle δεν είναι πια δύσκολο γι΄αυτόν.

Θα πρέπει να είναι ευτυχισμένος. Δεν νομίζεις ;

Οχ όχι! Γίνεται όλο και πιο δυστυχισμένος. Αλήθεια, μήπως κατάλαβες γιατί;

Μετά τις πρώτες νίκες του, που οι άλλοι χαίρονταν γι'αυτόν, οι φίλοι του σταμάτησαν σιγά σιγά να παίζουν μαζί του. Γιατί ποιος θέλει να παίζει στ΄αλήθεια με κάποιον, όταν ξέρει ότι δεν έχει καμιά πιθανότητα να τον κερδίσει ;

Αλλά και ο ίδιος ο Πέτρος σταμάτησε να χαίρεται. Γιατί ποια η χαρά να κερδίζεις, αν είναι να κερδίζεις κάθε φορά και να το ξέρεις κιόλας από πριν ;

Και πόση σημασία έχει ένα «10 '» αν σε κάθε εργασία παίρνεις «10 '»;

Και τι ενδιαφέρον έχουν οι κατασκευές, όταν τις φτιάχνεις με την μία, χωρίς να σε δυσκολεύουν καθόλου;

Ο Πέτρος αρχίζει σιγά σιγά να μην ασχολείται με τίποτα. Όλα του φαίνονται βαρετά. Όλα. Ακόμα και το ποδόσφαιρο!!! Ο Πέτρος είναι πιο δυστυχισμένος από ποτέ.

Ένα απόγευμα, από αυτά που τώρα πια κάθεται μόνος και λυπημένος στο δωμάτιό του, η μικρή του η αδερφή, η Άρτεμις, για να του φτιάξει το κέφι και για να τον δει να κάνει επιτέλους κάτι, του προτείνει να διοργανώσουν στο σπίτι τους, μία έκθεση ζωγραφικής. «Θα ζωγραφίσουμε ένα σωρό ενδιαφέροντα πράγματα, και θα κολλήσουμε τις ζωγραφιές μας σε όλο τον διάδρομο, και θα καλέσουμε φίλους και συγγενείς για να τις δούνε, και μετά θα κάνουμε πάρτι και θα περάσουμε τέλεια!!!» λέει με μία ανάσα η μικρή του αδερφή.

Και ο Πέτρος περισσότερο για να μην την στεναχωρήσει και της χαλάσει το χατίρι, συμφωνεί.

Ζωγραφίζουν λοιπόν όλο το απόγευμα. Η αδερφή του ζωγραφίζει με πάθος, συγκεντρωμένα, σφίγγοντας τους μαρκαδόρους στα μικρά χεράκια της με ζήλο. Χαίρεται την κάθε στιγμή και την κάθε ζωγραφιά που τελειώνει.

Ο Πέτρος ζωγραφίζει με λιγότερο κέφι, βαριεστημένα θα λέγαμε. Έτσι και αλλιώς ξέρει, πως οι ζωγραφιές του θα είναι τέλειες. Και πράγματι, μία μετά την άλλη τελειώνουν οι ζωγραφιές του, που απεικονίζουν τέλεια τα αντικείμενα, που βλέπει γύρω του, και τα τοπία, που φαντάζεται.

Όταν τελειώνουν τις ζωγραφιές τους, τις κολλούν στους τοίχους και φωνάζουν γονείς, θείους, θείες και παππούδες να επισκεφτούν την έκθεσή τους.

Και όλοι πράγματι έρχονται να θαυμάσουν τα έργα τους.

Ο Πέτρος στέκεται παράμερα και περιμένει βαριεστημένα να ακούσει συγχαρητήρια για τις τέλειες ζωγραφιές του.

Όμως δεν ακούει τίποτα, και έτσι πλησιάζει και τότε παρατηρεί κάτι. Και αυτό που παρατηρεί τον αφήνει άφωνο! Όλοι ρίχνουν μια ανέκφραστη γρήγορη ματιά στις ζωγραφιές του, λεν μάλλον αδιάφορα, πόσο πιστά απεικονιζόταν κάτι, και μετά κοιτούν τις ζωγραφιές της αδερφής του. Και καθώς το κάνουν αυτό, ένα χαμόγελο ζωγραφίζεται στο πρόσωπό τους. Το βλέμμα τους γλυκαίνει και από το στόμα τους βγαίνουν επιφωνήματα θαυμασμού.

«Άρτεμις, τι όμορφη ζωγραφιά! Και αυτό το δέντρο, τι πράσινο και δροσερό, και ας είναι ο κορμός του λίγο στραβός!», λέει ο παππούς.

Και η Άρτεμις με πονηριά στο μάτι, λέει, για να καλύψει το λάθος της : «Μα, παππού, δεν είναι στραβός ο κορμός. Απλώς φυσάει εκείνη την ημέ-

ρα, και λύγισε ο κορμός ο καημένος» Ο παππούς γελάει και ο Πέτρος τον ακούει να λέει «Μα εμένα γι᾽αυτό μου αρέσει η συγκεκριμένη ζωγραφιά ! Γιατί το δέντρο είναι στραβό! Γιατί έτσι είναι όλα τα ζωντανά πράγματα! Όλα έχουν τα στραβά τους και αυτό είναι που τα κάνει μοναδικά και ενδιαφέρο- ντα ! Αυτό είναι που τα κάνει οικεία και αγαπητά, τα ελλατώματά τους ! Τι βαρετό που θα ήταν ένα δάσος, αν όλα του τα δέντρα ήταν ίδια, με ολόι- σιους κορμούς!»

Εκείνη την στιγμή ο Πέτρος επιτέλους καταλαβαίνει !

«Δεν χρειάζεται να είμαι τέλειος ! Δεν είναι καν ωραίο να είσαι τέλειος! Εί- ναι βαρετό ! Οι φίλοι μου με αγαπούσαν πριν, όπως ήμουν. Και ας μην τα κατάφερνα πάντα! Και εγώ τους αγαπώ, όπως είναι!»

Και ο Πέτρος για πρώτη φορά στη ζωή του νιώθει απόλυτα ελεύθερος και ευτυχισμένος. Και τα μάγια, σαν να λύθηκαν εκείνη την στιγμή και να έγινε και πάλι ο παλιός καλός εαυτός του. Και την άλλη μέρα, που πηγαίνει στο σχολείο, και στην ορθογραφία του λέει από κάτω, ένα σκέτο «Καλά», ούτε «Άριστα», ούτε «10'», ούτε «Μπράβο», τίποτα από αυτά, που είχε δει ο Πέτρος σε κάποιες από τις εργασίες των συμμαθητών του, ο Πέτρος είναι απίστευτα χαρούμενος και απλά υπόσχεται την επόμενη φορά να διαβάσει λίγο περισσότερο. Ποιος ξέρει ίσως και να διαβάσει ...

Και εσύ τώρα που έμαθες το μυστικό, πες το και στους άλλους. Γιατί είναι κάτι, που οι περισσότεροι το ξέρουν, αλλά όλο και το ξεχνούν. Ιδιαίτερα οι γονείς και οι μεγάλοι...

Ξέρεις κάτι, είσαι μια χαρά, όπως είσαι !

Οι μικρές Καρακαξούλες

Συγγραφέας: Μάγδα Καπριανού

Πάνω στα μεγάλα κλαδιά των κορμών των δέντρων, σε ένα δάσος από πλατάνια, κατοικούσανε αποικίες από πουλάκια. Τα πουλάκια αυτά ζού- σαν στις φωλίτσες τους αγαπημένα και μονοιασμένα. Είχαν τους νόμους τους, τα ήθη και τα έθιμά τους. Τα σχολεία για τα μικρά, τα νοσοκομεία για τα τραυματισμένα και τα άρρωστα και τις φωλιές τους για να μένουν. Οι μαμάδες σηκώνονταν το πρωί και έφτιαχναν το πρωινό για τα μικρά τους. Μετά, τα αποχαιρετούσαν με ένα γλυκό φιλί και ένα τρυφερό φτερούγισμα για καλημέρα και άρχιζαν την τακτοποίηση και το καθάρισμα της φωλιά τους. Οι μπαμπάδες είχανε φύγει από νωρίς για τη δουλειά και κατόπιν για να βρούνε το φαγητό της οικογένειας, που αποτελούνταν από σκουληκά- κια, χορταράκι και κανένα τσαμπί σταφύλι ή άλλο φρούτο. Το ίδιο συνέβαινε σε όλα τα πλατάνια του δάσους, που στα κλαριά τους φιλοξενούσαν σπίνους, τσίχλες, καρακάξες, δεκαοχτούρες, κορυδαλλούς και λογής-λογής άλλα είδη πουλιών.

Οι αποικίες ζούσανε αρμονικά, αν και δεν είχαν σχέσεις μεταξύ τους, αφού το κάθε πουλί μιλούσε διαφορετική γλώσσα και είχε διαφορετική κουλτούρα το ένα από το άλλο.

Μια μέρα ένας κεραυνός έπεσε πάνω στο δέντρο όπου ζούσανε οι καρακάξες και ξέσπασε φωτιά, καταστρέφοντας κάθε κλαδί, κάθε φωλιά και κάθε φυλλαράκι του δέντρου. Οι καρακάξες στεναχωρήθηκαν πάρα πολύ και για μέρες έκλαιγαν απαρηγόρητες, επειδή ό,τι είχανε και δεν είχανε, είχε πλέον μετατραπεί σε στάχτες. Στο τέλος, αφού είδανε πως όσες προσπάθειες κι αν έκαναν για να ξαναχτίσουν την κοινωνία τους πάνω στα αποκαΐδια, δε γινότανε τίποτα, έκαναν συμβούλιο για να πάρουν απόφαση για το ποιο θα ήταν το επόμενο βήμα τους.

Όλες οι καρακάξες ήταν πολύ στεναχωρημένες που έπρεπε να αποχωριστούν τον τόπο όπου γεννήθηκαν, μεγάλωσαν, έκανα όνειρα και αργότερα την οικογένειά τους. Κάποιοι, οι γηραιότεροι, αποφάσισαν να χτίσουν πάνω στα καμένα κλαδιά, γιατί δε θέλανε στα γεράματα να αποχωριστούν τον τόπο τους. Οι νεότερες όμως καρακάξες, είδαν ότι δε μπορούσαν να μείνουν πάνω στα καμένα κλαδιά, αφού δεν είχε τίποτα να τους προσφέρει έναν άψυχος κορμός δέντρου. Έτσι αποφάσισαν να αναζητήσουνε την τύχη τους αλλού, πιστεύοντας ότι θα γίνονταν αποδεκτοί. Εξάλλου, σκέφτηκαν, κάτω από τον ουρανό, ήταν όλοι τους πουλιά, τι κι αν δε μιλούσαν την ίδια γλώσσα, δεν είχαν το ίδιο μέγεθος ή το ίδιο χρώμα φτερών.

Η απόφαση του συμβουλίου ήταν πως έπρεπε να εγκαταλείψουν το δέντρο τους και να προσπαθήσουν να ξαναφτιάξουν τα νοικοκυριά τους σε άλλα δέντρα. Σε ποιο δέντρο όμως να πηγαίνανε; Όλα ήταν κατειλημμένα και από ένα διαφορετικό είδος πουλιού. Αναρωτήθηκαν αν θα τους φιλοξενούσαν για λίγο καιρό ώσπου να ορθοποδήσουν και να ξαναχτίσουν τις φωλιές τους, αν θα τους βοηθούσαν, μιας και οι ίδιοι είχαν χάσει κάθε προσωπικό αντικείμενο στη φωτιά και τώρα ήταν μόνο με τα φτερά τους. Οι δυνατότεροι τους έδωσαν κουράγιο. Τους είπαν ότι αν ζητούσαν βοήθεια, αν εξηγούσαν στα άλλα πουλιά ότι αναγκάστηκαν να εγκαταλείψουν τη φωλιά τους και πως δεν ήταν κακά, αλλά φιλήσυχα και εργατικά πουλιά, θα τους δεχόταν.

Έτσι αναγκάστηκαν να φύγουνε μακριά, εγκαταλείποντας με μισή καρδιά τις καμένες φωλιές και την κοινωνία που είχανε για χρόνια τώρα. Άλλες πέταξαν στη δύση, άλλες στην ανατολή, κάποιες έφυγαν για άλλους τόπους και κάποιες πέταξαν στα διπλανά δέντρα με την ελπίδα να βρουν ένα ελεύθερο κλαδί, όπου θα έκανα ένα νέο ξεκίνημα, δίπλα στους γείτονές τους, τα άλλα πουλάκια.

Στην αρχή πήγανε στο δέντρο όπου έμεναν οι τσίχλες. Εκείνες όμως μόλις είδανε τις καρακάξες, δεν τις άφησαν να ζυγώσουνε και τις έδιωξαν, λέγοντάς τους πως είχαν ακούσει για αυτές ότι ήταν κλέφτρες και πως έπαιρναν ό,τι τους άρεσε από άλλα ζώα και πουλιά στο δάσος, χωρίς να ρωτάνε. Οι καρακάξες έφυγαν χωρίς να πουν κουβέντα. Ήταν αλήθεια ότι κάποιες από αυτές έκλεβαν διάφορα αντικείμενα από άλλα ζώα και πουλιά, οι περισσότερες όμως δεν ήταν έτσι, ήταν έντιμες καρακάξες, που αναζητούσαν το φαγητό τους στο δάσος και ζούσανε μια σωστή και ήσυχη ζωή.

Κατόπιν πήγανε στο δέντρο που μένανε οι σπίνοι. Κι εκείνοι τους απαγόρεψαν την είσοδο στο δέντρο τους, λέγοντας τους ότι φιλοξενούσε ήδη αρκετό πληθυσμό πουλιών, τόσο ώστε δεν μπορούσε καλά-καλά να καλύψει τις δικές τους ανάγκες σε τροφή και κατάλυμα. Οι καρακάξες τους παρακάλεσαν αν μπορούσαν να τις φιλοξενήσουν για λίγες μέρες. Οι σπίνοι έκανα συμβούλιο και αφού εξέτασαν το αίτημά των καρακαξών, τους ανακοίνωσαν ότι θα ήθελαν πάρα πολύ να τους φιλοξενήσουν, αλλά το δέντρο τους δεν είχε τις ανάλογες εγκαταστάσεις για τέτοιου είδους φιλοξενία.

Οι καρακάξες έφυγαν και από εκεί στεναχωρημένες. Πήγανε παντού. Στα σπουργίτια, στα περιστέρια, στους κορυδαλλούς, κανένα όμως πουλί δε δέχτηκε να τους φιλοξενήσει στα κλαδιά του δέντρου τους. Όλοι προέβαλαν δικαιολογίες, που παρόλο που φαινόταν άδικες στα μάτια των καρακαξών, δε μπορούσαν να κάνουν τίποτα.

Αργά το βράδυ, κουρασμένες και αποκαμωμένες οι καρακάξες, αποφάσισαν πως αν δεν έβρισκαν ένα ασφαλές κλαδί να ξαποστάσουν, διέτρεχαν άλλους μεγαλύτερους κινδύνους από τα ζώα του δάσους. Κάποιες από αυτές, εγκατέλειψαν την προσπάθεια και άνοιξαν τα φτερά τους για άλλους ορίζοντες, με την ελπίδα σε κάποιο άλλο δάσος να είχανε καλύτερη τύχη. Μερικές όμως πείσμωσαν και αποφάσισαν να μην εγκαταλείψου την προσπάθεια. Σκέφτηκαν να περιμένουν να σκοτεινιάσει και τότε θα μπαίνανε κρυφά στο δέντρο με τις δεκαοχτούρες. Ίσως, αν έπιαναν ένα κλαρί και μένανε, να αναγκάζονταν στο τέλος να τους κρατήσουν. Έτσι και έγινε. Αργά το βράδυ μπήκανε και αφού βρήκανε ένα ήσυχο μέρος, άπλωσαν τα φτερά τους να ξαποστάσουν και κοιμηθήκανε ήσυχα, μετά από μια μέρα γεμάτη ένταση.

Το επόμενο πρωί ένας δυνατός θόρυβος, τις ξύπνησε. Συναγερμός είχε σημάνει σε όλο το δέντρο με τις δεκαοχτούρες. Οι καρακάξες άνοιξαν τα μάτια τους τρομαγμένες και αντίκρισαν μπροστά τους, τους εκπρόσωπους του συμβουλίου των δεκαοχτούρων.

«Τι θέλετε εσείς εδώ;» ρώτησαν τις καρακάξες; «μπήκατε παράνομα στο δέντρο μας! Να φύγετε!» είπε μια από τις δεκαοχτούρες με τσιριχτή φωνή, δείχνοντας τους την έξοδο με το φτερό της.

«Είμαστε ήσυχες καρακάξες. Αναγκαστήκαμε να φύγουμε από το δέντρο μας, επειδή ξέσπασε φωτιά και κάηκε ολόκληρο.» είπε μια καρακάξα.

«Να φύγετε!» ξαναείπε η δεκαοχτούρα. «έχουμε ακούσει για σας και δε σας θέλουμε στα κλαδιά μας!»

«Μα είμαστε ήσυχες, δε θέλουμε φασαρία. Αναζητούμε έναν τόπο να κάνουμε ένα νέο ξεκίνημα!» απάντησε πάλι η καρακάξα. «αφήστε μας να μείνουμε λίγο καιρό και θα δείτε ότι είμαστε καλά πουλιά. Εξάλλου όλα τα πουλιά κάτω από τον ουρανό είμαστε ίδια!»

«Ε, όχι και ίδια!» πετάχτηκε μια άλλη δεκαοχτούρα.

«Τι διαφορές έχουμε;» τη ρώτησε.

«Εσείς είστε...πιο σκούροι! Τα φτερά σας είναι μαύρα, το ράμφος σας είναι τεράστιο, μιλάτε κορακίστικα!. Α, πα-πα! Δεν ταιριάζουμε καθόλου! Καθόλου σου λέω!» απάντησε πάλι η δεκαοχτούρα.

Όσο και να παρακάλεσαν οι καρακάξες για να μείνουν, όσο κι αν ικέτεψαν, λέγοντάς τους πως είχαν γέρους που υπέφεραν και παιδιά που πεινούσαν, οι δεκαοχτούρες ήταν απόλυτες. Είχαν τη δική τους κοινωνία και δεν ήθελαν ξένα πουλιά πάνω στο δέντρο. Έτσι, αργά το απόγευμα αναγκάστηκαν οι καρακάξες να μαζέψουν τα πράγματά τους και να φύγουν.

Έψαξαν από εδώ, έψαξαν από εκεί και στο τέλος βρήκαν ένα τεράστιο πλατάνι στην άκρη του δάσους, όπου έμεναν πάνω του νυχτερίδες. Έστειλαν λοιπόν τους αντιπροσώπους τους, να ρωτήσουν αν μπορούσαν να τους φιλοξενήσουν για λίγες μέρες στο δέντρο τους, μέχρι να δουν τι θα κάνουν.

«Μπορείτε να μείνετε όσο θέλετε, με την προϋπόθεση να μην κάνετε φασαρία κατά τη διάρκεια της ημέρας και μας ξυπνάτε!» απάντησε η σοφή νυχτερίδα, μισανοίγοντας το ένα της μάτι. Κατόπιν το έκλεισε και ξανακοιμήθηκε.

Οι καρακάξες ευχαριστημένες πήγανε ήσυχα ήσυχα και κούρνιασαν δίπλα στις νυχτερίδες. Περάσανε αρμονικές μέρες μεταξύ τους, βοηθώντας το ένα το άλλο. Οι καρακάξες καθάριζαν το πρωί το δέντρο από τις βρωμιές και οι νυχτερίδες το βράδυ κουβαλούσανε τροφή, που πρόσφεραν στους φιλοξενούμενούς τους.

Ώσπου μια μέρα, ένα καινούριο δέντρο φύτρωσε δίπλα στο δέντρο με τις νυχτερίδες και οι καρακάξες αποφάσισαν να μετακομίσουν και να χτίσουν εκεί την αποικία τους. Ευχαρίστησαν τις νυχτερίδες για τον καιρό που τους φιλόξενησαν και υποσχέθηκαν να επισκέπτονται συχνά η μια την άλλη.

Ο καιρός περνούσε αρμονικά για όλα τα είδη των πουλιών. Οι καρακά-ξες είχανε ξαναβρεί τους κανονικούς τους ρυθμούς. Είχανε χτίσει τις φωλιές τους, είχανε φτιάξει τα σχολεία και τα νοσοκομεία τους και τα μικρά που-λάκια έπαιζαν τώρα ανέμελα παρέα με τους φίλους τους χαρούμενα και αρμονικά.

Κάποτε μια θύελλα ξέσπασε στο δάσος με τα πλατάνια και ένας τερά-στιος κεραυνός έπεσε καίγοντας όλα τα δέντρα. Μόνο δύο δεν κάηκαν. Το δέντρο με τις νυχτερίδες και το δέντρο με τις καρακάξες. Και αυτό επειδή τα δύο δέντρα βρίσκονταν στην άκρη του δάσους, μακριά από τα υπόλοιπα.

Όταν πλέον κόπασε η θύελλα, στο δάσος επικράτησε αναστάτωση. Τα περισσότερα δέντρα είχαν καεί και δεν μπορούσαν πλέον να κατοικηθούν και οι δεκαοχτούρες, οι τσίχλες, τα περιστέρια, τα σπουργίτια και οι κορυ-δαλλοί δεν ήξεραν τι να κάνουν. Τα μικρά τους πεινούσαν και κρύωναν, ενώ και οι ίδιοι ήταν εξαντλημένοι από την προσπάθεια που έκαναν για να σβήσουν τη φωτιά. Μη ξέροντας πώς να κινηθούν έκαναν συμβούλιο και

έβγαλαν την απόφαση να αναζητήσουν κάποιο άλλο δέντρο για να κατοικήσουν. Χωρίστηκαν σε ομάδες και άρχισαν να πετάνε, άλλα προς τη δύση, άλλα προς την ανατολή, κάποια προς το βορρά και κάποια προς το νότο.

Μια ομάδα από διάφορα πουλιά, έφτασε στο δέντρο με τις νυχτερίδες. Μαζεύτη-καν τότε αντιπρόσωποι από τις φυλές των πουλιών και πήγανε στην πιο σοφή νυχτε-ρίδα να την παρακαλέσουν να τους δεχτεί στο δέντρο τους, γιατί δεν είχαν που αλ-λού να πάνε.

«Είστε πάρα πολλοί και κά-νετε πολλή φασαρία!» είπε μισανοίγοντας το ένα της μάτι η νυχτερίδα και μετά το έκλεισε πάλι για να κοιμηθεί.

Τα πουλιά απελπισμένα δε ξέρανε τι να κάνουν και που να απευθυνθούν. Είχε ήδη αρχίσει να σκοτεινιάζει και τα μικρά τους άρχισαν να κρυώνουν και να γκρινιάζουν από την πείνα και την κούραση. Φοβήθηκαν ότι δε θα είχαν που να ξαποστάσουν και το βράδυ θα κινδύνευαν από τα ζώα του δάσους. Προχωρώντας για να φύγουν, είδαν το δέντρο που βρισκόταν δίπλα από αυτό των νυχτερίδων. Ήταν ένα πολύ μικρό δεντράκι αλλά σκέφτηκαν, αν τους άφηναν να μείνουν, θα ήταν ευγνώμονες.

Η αντιπροσωπεία των πουλιών πήγε και χτύπησε την πόρτα της φωλιάς του γηραιότερου. Όταν είδαν ότι οι κάτοικοι του δέντρου ήταν οι καρακάξες που κάποτε είχαν διώξει, κατέβασαν κάτω τα ράμφη τους και ζητώντας συγνώμη έκαναν να φύγουν. Τότε η γριά καρακάξα τους σταμάτησε, έχοντας καταλάβει τι είχε συμβεί.

«Μπορεί εσείς κάποτε να αρνηθήκατε να μας φιλοξενήσετε, εμείς όμως δε θα το κάνουμε!» τους είπε η γριά καρακάξα. « αν υπάρχει αγάπη και ομόνοια, αν όλοι παλέψουμε για το καλό του δέντρου και σεβαστούμε ο ένας τη διαφορετικότητα του άλλου, χωρίς να αποζητάμε να δημιουργήσουμε προβλήματα, μπορούμε να ζήσουμε αρμονικά!» τους είπε και άνοιξε την πόρτα της φωλιάς της να τους φιλοξενήσει.

Περάσανε πολλά χρόνια, το δέντρο μεγάλωσε, άπλωσε τα κλαδιά του και έκανε παρακλάδια αρκετά γερά, ώστε να φιλοξενήσει όλες τις ποικιλίες των πουλιών. Τώρα πια ζούσανε αρμονικά αγαπημένοι για χρόνια, έχοντας καταλάβει πως όποια γλώσσα και να μιλάει κανείς, ό,τι χρώμα και να έχουν τα φτερά του, όποιο μέγεθος και να έχει το κάθε πουλί, αν υπάρχει ομόνοια, αγάπη και συνεργασία, όλοι μπορούν να ζήσουν κάτω από το ίδιο δέντρο.

Αναστάτωση στο Τροπικό Δάσος

Συγγραφέας: Δομνίκη Καράτζιου

Μια φορά και έναν καιρό σε μια σαβάνα της Κεντρικής Αφρικής ζούσανε αρμονικά ζώα άγρια πολλά, πάνθηρες και τσιτάχ, λιοντάρια και λεοπαρδάλεις, καμηλοπαρδάλεις και ελέφαντες, ιπποπόταμοι και κροκόδειλοι, ζέβρες και αντιλόπες, ύαινες και τσακάλια, φίδια, ερπετά και ζώα πολλά, που αν τα αναφέρουμε όλα αυτά δε θα μας φτάσει το χαρτί και το μελάνι.

Κάθε ομάδα ζώων ζούσε στο δικό του χώρο, που σημαίνει ότι οι ιπποπόταμοι ζούσαν στο ποτάμι μαζί με τους κροκόδειλους πιο πέρα, οι ρινόκεροι στα χορτολίβαδα και οι ελέφαντες με τις καμηλοπαρδάλεις μοιράζονταν τα δένδρα τα ψηλά, μιας και δεν τους έλειπε μπόι. Τα λιοντάρια κυνηγούσαν τις αντιλόπες και τις ζέβρες τις ριγωτές και οι ύαινες τρώγανε τα αποφάγια τους. Έτσι λοιπόν συμβίωναν αρμονικά και ας τρώγονταν, στην κυριολεξία, μεταξύ τους. Τι να κάνουμε όμως, έτσι ορίζει ο νόμος της φύσης, εμάς λόγος σε αυτό δε μας πέφτει.

Τα τελευταία χρόνια όμως διαπιστώθηκε ένα παράξενο φαινόμενο που δυσκόλευε τη ζωή των άγριων ζώων. Τα έλη ξεράθηκαν, τα ποτάμια στέρεψαν και οι τα φυτά μαράζωσαν, τα δένδρα φύλλα δεν είχαν και οι καμηλοπαρδάλεις πεινούσαν το ίδιο και οι ελέφαντες, που τρώνε το κατιτί παραπάνω. Τα λιοντάρια από την πολλή ζέστη τεμπελιάζανε και οι ζέβρες από κοντά τα κοιτούσαν γιατί σταμάτησαν να τις κυνηγούν.

Η εποχή των βροχών αργούσε να έρθει, ζέστη λοιπόν, ξηρασία και μία στάλα να μη πέφτει από τον ουρανό. Ανομβρία το λένε οι κλιματολόγοι, δεν έφτανε όλη αυτή η συμφορά είχαν και τις καυτές αχτίνες του ήλιου να τους βαράνε κατακούτελα που λένε και να ζαλίζονται κάθε μεσημέρι. Η κατάσταση δεν πήγαινε άλλο και το συμβούλιο των ζώων, σε έκτακτη σύσκεψη, με πρόεδρο το λιοντάρι, αποφάσισε ότι θα έπρεπε να εγκαταλείψουν τα πάτρια εδάφη και προς τα τροπικά δάση να κατευθυνθούν που πέφτει μπόλικη βροχή μπας και ξεδιψάσουνε λιγάκι.

Ξεκινήσανε λοιπόν και όπως περπατούσανε νωχελικά όλα μαζί, σηκώσανε τόση πολλή σκόνη που για μια στιγμή ο ήλιος κρύφτηκε. Έπειτα από ταξίδι 3 ημερών, 287 ωρών και 356 λεπτών φτάσανε επιτέλους κουρασμένα, ζαλισμένα, ξενυχτισμένα και διψασμένα στο τροπικό δάσος. Βέβαια δε φτάσανε όλοι μαζί αφού οι πρωταθλητές στο τρέξιμο, λιοντάρια, λεοπαρδάλεις, τσιτάχ και τίγρεις δεν σταμάτησαν ούτε στιγμή, μόνο και μόνο για να επιβεβαιώσουν τον τίτλο των πιο γρήγορων αιλουροειδών. Έπειτα έφτασαν οι ζέβρες και οι αντιλόπες, οι ρινόκεροι, τα φίδια και οι σαύρες, οι πίθηκοι και οι σουρικάτες και τέλος έφτασαν οι ελέφαντες με καθυστέρηση μιας ημέρας 23 ωρών και 185 λεπτών. Ήπιανε νερό, κυνηγήσανε καινούργια για αυτούς είδη, μαϊμούδες και μυρμηγκοφάγους, τερμίτες και τροπικά πουλιά. Οι ζέβρες και οι αντιλόπες, που είναι χορτοφάγες, φάγανε μέχρι σκασμού τρυφερά φύλλα μπαμπού.

Πολύ τους άρεσε η αλλαγή αυτή και οι νέες γεύσεις στη διατροφή και από την πολλή την καλοπέραση παχύνανε και πληθύνανε καθώς δεν κυνηγούσαν τα λιοντάρια τις ζέβρες αλλά τους μυρμηγκοφάγους- κι ας ξύνονταν το στομάχι τους από τα πολλά μυρμήγκια. Οι ελέφαντες παχύνανε και αυτοί από το πολύ φαγητό. Τρώγανε τόσα πολλά φύλλα που αποψιλώθηκε το δάσος, το οποίο κινδύνευε με αφανισμό. Δεν τους βρήκε όμως μόνο αυτό το κακό.

Από τον πολύ συνωστισμό, ακούγονταν ένα βουητό, το οποίο συνεχώς γίνονταν όλο και πιο δυνατό. Έγινε μάλιστα τόσο πολύ δυνατό που ακούγονταν σε όλο τον πλανήτη μέχρι και το διάστημα.

Που σημαίνει ότι βοτανολόγοι και ζωολόγοι, μετεωρολόγοι και κλιματολόγοι, δασολόγοι και γεωλόγοι, βιολόγοι και εντομολόγοι, μηχανολόγοι και ηλεκτρολόγοι, πυρηνικοί φυσικοί και χημικοί, αλλά και αστρολόγοι και άλλοι αργόσχολοι γυρολόγοι ετοίμασαν τις βαλίτσες και για τη ζούγκλα κατευθύνθηκαν. Και δεν ήταν μόνο αυτοί.

Πήγαν πρωθυπουργοί και πρόεδροι κρατών, υπουργοί, περιφερειάρχες και δήμαρχοι πολλοί, δημοσιογράφοι, κάμεραμεν, ρεπόρτερ και φωτογράφοι αλλά και περιβαλλοντικές ομάδες σχολείων και άλλοι σχετικοί και άσχετοι. Περιττό να πούμε πως πήγανε και ιθαγενείς, ζουλού, πυγμαίοι και άλλες φυλές αφρικανών που είχαν και αυτοί διαφορές παλιές.

Και έτσι ο συνωστισμός έγινε ακόμη πιο μεγάλος και το βουητό συνέχιζε να ηχεί σε όλο τον πλανήτη, μην αφήνοντας τα μωρά να κοιμηθούν, τους μαθητές να διαβάσουν τα μαθήματα τους και τους εργαζόμενους να δουλέψουν. Και όλοι αυτοί από τα νεύρα τους άρχιζαν να φωνάζουν, γιατί δεν μπορούσαν να καταλάβουν από πού έρχονταν όλο αυτό το βουητό. Φωνάζανε και αυτοί και κλαίγανε τα μωρά, γκρινιάζανε οι μαθητές, οι εργαζόμενοι διαμαρτύρονταν, οι δάσκαλοι δεν μπορούσανε να κάνουν μάθημα ούτε και οι αθλητές μπορούσαν να συγκεντρωθούν στους αγώνες. Πολύ περισσότερο μάλιστα οι σκακιστές εκνευρίζονταν γιατί ήθελαν απόλυτη συγκέντρωση και ησυχία. Όπως καταλαβαίνετε όλοι αυτοί διαμαρτύρονταν και το βουητό έγινε ακόμη πιο έντονο τόσο πολύ που απορυθμίζονταν και τα ραντάρ των αεροδρομίων και των πλοίων από τις παρεμβολές, με αποτέλεσμα να χάνουν αεροπλάνα και βαπόρια τον προσανατολισμό τους.

Οι μηχανολόγοι βάλανε κάτω τα σχέδια τους, οι αστροφυσικοί με τους υπολογιστές τους ψάχνανε να βρούνε μήπως πέρασε κάποιος κομήτης και διατάραξε την ισορροπία στη γη. Οι χημικοί υπολογίζανε την παραγωγή αερίων από τη δυσπεψία των ζώων, οι μαθηματικοί μετρούσανε το εμβαδό της επιφάνειας του τροπικού δάσους, τόσο επί τόσο ίσον τόσο. Οι βιολόγοι υπολογίζανε την παραγωγή κοπράνων και την κατανάλωση τροφής, οι εντομολόγοι τον αριθμό εντόμων που συγκεντρώθηκαν και τη συμπεριφορά τους. Οι κλιματολόγοι προβλέπανε την αλλαγή του κλίματος λόγω υπερθέρμανσης του τροπικού δάσους από τον συνωστισμό. Οι πρωθυπουργοί, οι δήμαρχοι και οι περιφερειάρχες λόγους έβγαζαν και υπόσχονταν γρήγορη επίλυση του προβλήματος. Οι αστρολόγοι κοιτούσαν τους ζωδιακούς χάρτες να δουν αν η Αφροδίτη είναι ανάδρομη. Οι χειρομάντες διάβαζαν την παλάμη των πιθήκων μήπως και προφητέψουν κάτι για το μέλλον τους. Άλλα όλα αυτά εις μάτην. Κανείς δεν μπορούσε να λύσει το πρόβλημα. Όλοι ήταν απεγνωσμένοι και μαλώνανε από τα νεύρα τους, γιατί πίστευαν πως ο καθένας από την πλευρά του θα μπορούσε να βρει τη λύση.

Μεγάλο πρόβλημα δηλαδή που δε λύνονταν με τίποτα και γίνονταν όλο και πιο πολύπλοκο μέχρι που μια στιγμή.....

Ακούστηκε μία κραυγή και χτύποι πολλοί.

Ένας γορίλας νευριασμένος και βαθιά ενοχλημένος χτυπούσε με έντονο μένος το στήθος του. Η αγαπητικιά του τον παράτησε για τον βασιλιά των ζώων της σαβάνας, το λιοντάρι, αυτό το περήφανο αιλουροειδές που κυκλοφορεί τινάζοντας συνεχώς τη χαίτη του με καμάρι (ο γορίλας είχε ένα προηγούμενο απωθημένο με το λιοντάρι, θεωρούσε πως ήταν ο βασιλιάς των ζώων της ζούγκλας και δε δέχονταν ότι το λιοντάρι ήταν βασιλιάς όλων των ζώων σαβάνας και της ζούγκλας μαζί, και ας γυρίστηκε και ταινία για αυτό).

Όλοι οι υπόλοιποι σώπασαν σεβόμενοι τον πόνο του γορίλα και τον κοιτούσαν. Περίμεναν να δούνε τι θα συμβεί, μέχρι που ο γορίλας ηρέμησε και έπεσε σε περισυλλογή. Τότε απόλυτη σιγή κυριάρχησε στη ζούγκλα.

Τον πλησίασε ο Καντού, ένας ιθαγενής που επικοινωνούσε με τους γορίλες χρόνια τώρα. Τον αγκάλιασε, δείχνοντάς του συμπαράσταση στο προσωπικό του πρόβλημα και τον ρώτησε:

-Βασιλιά των ζώων του τροπικού δάσους, πολύ λυπάμαι που βρίσκεσαι σε τόσο δύσκολη θέση να χάσεις την αγαπητικιά σου, πες μου όμως, πώς πιστεύεις ότι έγινε αυτό; Μήπως φταίει κάτι που συμβαίνει τώρα τελευταία στο δάσος μας;

Ο γορίλας τον κοίταξε με λυπημένα μάτια και του είπε:

-Καλέ μου Καντού, ξέρεις πολύ καλά πως όλα τα ζώα του τροπικού δάσους ζούσαμε αρμονικά, αλλά τώρα τελευταία κάτι συμβαίνει και τα ζώα έχουν αλλάξει συμπεριφορά. Τα πτηνά δεν πετάνε πολύ ψηλά, οι παπαγάλοι έχασαν το έντονο χρώμα στο φτέρωμά τους, οι μαϊμούδες είναι ανήσυχες και τα δένδρα ψηλώνουν επικίνδυνα. Έχει αρχίσει να κάνει πολλή ζέστη και οι βροχές δημιουργούν αφόρητη κατάσταση υψηλής υγρασίας στο δάσος, κάνοντας τα ζώα νωχελικά. Και δε μας έφταναν όλα αυτά ήρθαν και τα ζώα από τη σαβάνα και εγκαταστάθηκαν εδώ για τα καλά. Όπως βλέπεις ο συνωστισμός δημιούργησε ταραχή μεγάλη. Και η αγαπητικιά μου πήγε και αγάπησε το λιοντάρι που μέχρι τώρα ποτέ δε συμπαθούσε. Αντίθετα θα έλεγα, περιφρονούσε τη φιλαρέσκεια του λιονταριού και το προκλητικό τίναγμα της χαίτης του.

Τα ζώα της σαβάνας καταλάβανε αμέσως πως είχαν κάνει ένα μεγάλο λάθος. Η αναγκαστική τους μετακόμιση προκάλεσε στο τροπικό δάσος μεγάλη συμφόρηση. Και οι άνθρωποι από την πλευρά τους, οι πρόεδροι κρατών, οι πρωθυπουργοί, οι υπουργοί, οι περιφερειάρχες και οι δήμαρχοι κατάλαβαν το λάθος που είχαν διαπράξει και το περιβάλλον είχαν διαταράξει. Οι βοτανολόγοι, ζωολόγοι, μετεωρολόγοι, κλιματολόγοι, δασολόγοι και γεωλόγοι, βιολόγοι και εντομολόγοι τους είχαν προειδοποιήσει, αλλά αυτοί δεν έπαιρναν τα λόγια τους στα σοβαρά. Με κατεβασμένα τα κεφάλια σπίτια τους γυρίσανε και αποφασίσανε όλοι μαζί να πάρουν σοβαρά την προστασία του πλανήτη από την καταστροφή που οι ίδιοι είχαν προκαλέσει.

Μέτρα λάβανε πολλά. Τα εργοστάσια λειτουργούσαν λιγότερες ώρες και στις καμινάδες τους μπήκαν φίλτρα. Οι αυτοκινητοβιομηχανίες κατασκεύασαν αυτοκίνητα που κινούνται με ηλιακή ενέργεια. Αιολικά πάρκα εγκατασταθηκαν στις κορυφές των βουνών και συλλέκτες ηλιακής ακτινοβολίας τοποθετήθηκαν σε ηλιόλουστες περιοχές. Το πρόγραμμα ανακύκλωσης ξεκίνησε με γοργούς ρυθμούς. Δενδροφυτεύσεις σε καμένα δάση γίνανε πολλές, οι ταράτσες και τα μπαλκόνια των πολυκατοικιών γεμίσανε με γλάστρες.

Με αυτά και με άλλα πολλά που έγιναν, άρχισε να βρέχει πάλι στις σαβάνες και να επανέρχεται η ισορροπία στα τροπικά δάση. Τα ζώα της σαβάνας πήραν το δρόμο της επιστροφής για τα πάτρια εδάφη τους. Και όταν επιτέλους φθάσανε, με την ίδια σειρά με την οποία είχαν αρχικά μετακομίσει στο τροπικό δάσος, τα λιοντάρια βρήκαν ξανά ενδιαφέρον το κυνήγι της ζέβρας και της αντιλόπης. Οι ελέφαντες αδυνάτισαν λιγάκι γιατί είχαν παχύνει αρκετά από το πολύ το φαγητό και οι καμηλοπαρδάλεις, με το μακρύ λαιμό, σταμάτησαν να καμπουριάζουν. Οι ιπποπόταμοι και οι κροκόδειλοι πλατσούριζαν στα έλη και τους βάλτους περιμένοντας τη λεία τους.

Στο τροπικό δάσος ισορρόπησαν τα πράγματα και εκεί. Οι μυρμηγκοφάγοι συνέχισαν το κυνήγι των τερμιτών, χωρίς το φόβο των λιονταριών. Οι παπαγάλοι απέκτησαν ξανά τα έντονα χρώματα στο φτέρωμά τους και οι μαϊμούδες πηδούσαν ανέμελες από κλαδί σε κλαδί. Η αγαπητικιά του γορίλα, μετανιωμένη για το λάθος που έκανε, γύρισε στον αγαπημένο της γορίλα. Με ένα φιλί, του εξήγησε πως η αλλαγή του κλίματος προκάλεσε την αλλαγή στη συμπεριφορά της. Και έτσι ο γορίλας και η γορίλινα αγαπήθηκαν ξανά. Και οι υπόλοιποι γορίλες χτυπούσαν τα στήθη τους με πυγμή για να θυμίζουν στους ανθρώπους ότι η φύση ανήκει σε όλους και η προστασία της είναι προτεραιότητα και καθήκον όλων.

Η αγάπη του Θανασάκη για τα αεροπλάνα.

Συγγραφέας: Μαρία Κατσαούνη

Στον Θανασάκη πάντα άρεσαν τα αεροπλάνα. Τα έβλεπε πάντα με μεγάλο ενθουσιασμό. Στα παιδικά του μάτια φάνταζαν τεράστια! Στο δρόμο για το σχολείο προσπαθούσε να τα εντοπίσει στον ουρανό και τα παρακολουθούσε να πετάνε ψηλά μέχρι να χαθούν από τα μάτια του και να σβήσει η λευκή γραμμή που αφήνουν πίσω τους.

«Όταν μεγαλώσω θα γίνω πιλότος!» Έλεγε και ξανάλεγε στους γονείς του.

«Θα ταξιδεύω μακριά και θα γνωρίσω κόσμο από όλη τη γη!» Ο μπαμπάς του, του είχε υποσχεθεί πως κάποια μέρα θα ταξιδέψουν μαζί με αεροπλάνο, αλλά αυτή η μέρα αργούσε πολύ να έρθει...

Τα βράδια αφού η μαμά του τον έβαζε για ύπνο και τον καληνύχτιζε με ένα γλυκό φιλί, αυτός σηκωνόταν κρυφά από το κρεβάτι του, πλησίαζε στο παράθυρο και στεκόταν εκεί με τις ώρες, προσπαθώντας να δει κάποιο αεροπλάνο να πετά στον σκοτεινό ουρανό. Πολλές φορές μπέρδευε την κίτρινη λάμψη των αστεριών με αυτή των αεροπλάνων. Τα πρασινοκόκκινα φώτα όμως που αναβόσβηναν δεν τα μπέρδευε ποτέ!

«Είναι σίγουρα αεροπλάνο! Που να πηγαίνει άραγε; Πού ταξιδεύει όλος αυτός ο κόσμος;» Σκεφτόταν μέχρι που τον έπαιρνε ο ύπνος, εκεί μπροστά στο παράθυρο...

Μια μέρα η δασκάλα στο σχολείο ανακοίνωσε στην τάξη πως θα πάνε στο μουσείο της αεροπορίας. Η καρδιά του Θανασάκη σκίρτησε από χαρά! Εκεί θα μπορέσει να δει πολλά αεροπλάνα και να μάθει πολλά πράγματα για αυτά! Όταν φτάσανε στο μουσείο όλα τα παιδιά μπήκαν σε μια σειρά και μαζί με την δασκάλα τους και την ξεναγό πέρασαν χωρίς φωνές την τεράστια πόρτα του μουσείου. Εκεί αντίκρισαν ένα πελώριο λευκό αεροπλάνο με κόκκινες και μπλε ρίγες!

«Ουάου!» Φώναξε ο Θανασάκης! Όλα τα παιδιά έτρεξαν και περιτριγύρισαν το αεροπλάνο ενθουσιασμένα. Τότε η ξεναγός άρχισε να τους μιλάει και να τους λέει διάφορα σημαντικά και ενδιαφέροντα πράγματα για τα αεροπλάνα, την ιστορία του, την κατασκευή του και τόσα άλλα! Στο μουσείο υπήρχαν πολλές μινιατούρες αλλά και φωτογραφίες από αεροπλάνα. Άλλα μικρά και άλλα μεγάλα, άλλα μονοθέσια και άλλα με έλικες. Στο βάθος του μακρύ διαδρόμου υπήρχε μια αίθουσα που απ΄έξω έγραφε με μεγάλα πολύχρωμα γράμματα «Παιδικό Μουσείο». Εκεί τα παιδιά μπόρεσαν να πειραματιστούν με διάφορα υλικά και να φτιάξουν το δικό τους αεροπλάνο χρωματίζοντας το στα χρώματα που τους άρεσαν! Η ώρα όμως πέρασε γρήγορα και έπρεπε να φύγουν. Το μουσείο έκλεινε σε μισή ώρα.

Κατά την έξοδο τα παιδιά μπήκαν στο κατάστημα των σουβενίρ να αγοράσουν μπιμπελό και μινιατούρες αεροπλανάκια. Είχε πολλά πράγματα να διαλέξουν. Είχε μολύβια με αεροπλανάκια, μπρελόκ και καρτ-ποστάλ. Ο Θανασάκης μέτρησε τα λεφτά του... πήγε στο ράφι με τα μεταλλικά αεροπλανάκια και διάλεξε το μεγαλύτερο που μπορούσε να πάρει!

«Δεν πειράζει... σκέφτηκε... Θα δώσω όλο μου το χαρτζιλίκι κι ας μην πάρω την σοκολάτα που τόσο λαχταρούσα!» Η κυρία στο ταμείο του τύλιξε το αεροπλανάκι μέσα σε πολύχρωμο γυαλιστερό χαρτί και το έβαλε σε μια μεγάλη κόκκινη σακούλα. Ο Θανασάκης πετούσε από τη χαρά του! Στο δρόμο της επιστροφής κρατούσε την σακούλα του σφιχτά να μην τη χάσει!

Το μεσημέρι όταν γύρισε στο σπίτι έδειξε στην μαμά του το αεροπλανάκι του και την ρώτησε

«Εσύ μαμά ήξερες πως το πρώτο αεροπλάνο κατασκευάστηκε από τους αδερφούς Ράιτ;» Η μαμά χαμογέλασε και του έβαλε μπροστά του ένα πιάτο λαχταριστά μακαρόνια.

Οι μήνες περνούσαν και ήρθε η άνοιξη! Τα λουλούδια άνθησαν και ο ήλιος ήταν πιο λαμπρός και ζεστός από ποτέ! Αλλά ο Θανασάκης είχε άλλο ένα λόγο που του άρεσε η άνοιξη... Τον Μάιο είχε τα γενέθλιά του! Την άλλη βδομάδα γινόταν οχτώ ετών! Με λαχτάρα περίμενε τα δώρα που θα του έφερναν οι φίλοι του! Πιο πολύ όμως λαχταρούσε να ανοίξει το δώρο των γονιών του!

Την μέρα των γενεθλίων του ο Θανασάκης φόρεσε τα καλά του ρούχα και με την βοήθεια του μπαμπά του, στόλισε το σπίτι με κορδέλες και χρωματιστά μπαλόνια! Στο σπίτι μαζεύτηκαν πολλοί φίλοι και κάποιοι συγγενείς. Η μαμά του είχε ετοιμάσει πεντανόστιμα γλυκά και πίτες. Μοσχοβολούσε όλο το σπίτι! Φυσικά δεν έλειπε και η τεράστια τούρτα με το πολύχρωμο γλάσσο και την σαντιγύ! Τα παιδιά έφαγαν, χόρεψαν, γέλασαν και έπαιξαν με την ψυχή τους. Όταν ήρθε η ώρα της τούρτας, όλα τα παιδιά μαζεύτηκαν γύρω από το τραπέζι με τον Θανασάκη να στέκει στο κέντρο μπροστά στην τούρτα του. Έκλεισε τα μάτια του κι έκανε μιαν ευχή...

«Μακάρι να έρθει γρήγορα η μέρα που το όνειρό μου θα γίνει πραγματικότητα-Να πετάξω με αεροπλάνο!» Πήρε μια βαθιά ανάσα και έσβησε τα κεράκια! Τα παιδιά τον χειροκρότησαν , τον αγκάλιασαν και άρχισαν όλοι μαζί να του τραγουδάνε! Μετά η μαμά του, έκοψε την τούρτα και κέρασε τους καλεσμένους. Όλοι συμφώνησαν πως ήταν υπέροχη τούρτα!

Αφού έβγαλαν φωτογραφίες, μαζεύτηκαν όλοι να ανοίξουν τα δώρα! Του έφεραν πολλά δώρα... ένα παζλ με 500 κομμάτια το οποίο αναπαριστούσε μια φάλαινα, ένα βιβλίο για τα ζώα της Αφρικής, ένα πράσινο τρενάκι και ένα καλειδοσκόπιο! Πρώτη φορά έβλεπε καλειδοσκόπιο... Το καλειδοσκόπιο είναι ένας κύλινδρος, σαν μικρός σωλήνας, που αν βάλεις το μάτι σου στη μια του άκρη και το στριφογυρίσεις βλέπεις χιλιάδες χρώματα και σχήματα να εναλλάσσονται μπροστά από τα μάτια σου!

«Είναι πραγματικά μαγικό!» ξεφώνησε ο Θανασάκης! Τα άλλα παιδιά σπρωχνόντουσαν να δούνε και αυτά!

Ώσπου ήρθε η ώρα να ανοίξει ο Θανασάκης το δώρο που του αγόρασε ο μπαμπάς και η μαμά. Ένα μεγάλο ορθογώνιο κουτί έστεκε πάνω στο τραπεζάκι του σαλονιού! Ήτανε πράσινο με ένα κίτρινο φιόγκο στο κέντρο.

«Τι να είναι άραγε;» αναρωτήθηκε ο Θανασάκης. Το πήρε στα χέρια του με λαχτάρα και το κούνησε... ένας θόρυβος ακούστηκε από μέσα... κάτι σαν βουητό!

«Μα τι ήταν αυτό;» σκέφτηκε... Γρήγορα-γρήγορα τράβηξε την κορδέλα και άρχισε να σκίζει με τα χέρια του το πράσινο χαρτί. Και να΄το! Εκεί μπροστά του στεκόταν το καλύτερο δώρο! Ένα μεγάλο αεροπλάνο!!! Το έβγαλε από το κουτί του και έμεινε να το κοιτάει με θαυμασμό! Ήταν λευκό με έναν χρυσαφένιο αετό στην ουρά. Είχε γυαλιστερές κίτρινες τουρμπίνες και μαύρες λαστιχένιες ρόδες προσγείωσης. Είχε και παραθυράκια για να βλέπουν έξω οι επιβάτες! Ο Θανασάκης το αναποδογύρισε. Από κάτω βρήκε ένα κόκκινο κουμπί. Το πάτησε! Αμέσως πράσινα και κίτρινα φωτάκια άρχισαν να αναβοσβήνουν! Το ακούμπησε στο πάτωμα και τότε συνέβη κάτι πολύ παράξενο! Το αεροπλανάκι άρχισε να κινείται και οι ρόδες του άρχισαν να γλιστρούν με φόρα στον διάδρομο του σπιτιού! Ένα βουητό ακούστηκε και το αεροπλανάκι επιτάχυνε! Όπως ακριβώς όταν ετοιμάζεται για απογείωση! Άρχισε να τρέχει με φόρα και κατευθύνθηκε προς την κουζίνα! Το αεροπλανάκι πέρασε την πόρτα και ο Θανασάκης έτρεξε ξωπίσω του! Για μια στιγμή ο Θανασάκης φοβήθηκε ότι θα σηκωνόταν και θα έβγαινε από το ανοιχτό παράθυρο της κουζίνας! Ευτυχώς σκάλωσε στο ξύλινο πόδι της καρέκλας και σταμάτησε!

«Πω, πω, ξεφώνησε, είναι απίθανο!» Τα άλλα παιδιά έμειναν έκθαμβα να το κοιτούν με απορία.

Ο Θανασάκης ευχαρίστησε τον μπαμπά του και την μαμά μου για αυτό το υπέροχο δώρο και υποσχέθηκε πώς θα είναι συνεπής στα μαθήματα του και δεν θα έχει το νου του μόνο στο παιχνίδι. Τους αγκάλιασε και τους χάρισε από ένα γλυκό φιλί!

Αφού έφυγαν τα παιδιά, ο Θανασάκης βοήθησε την μαμά του να συμμαζέψουν το σαλόνι που ήταν γεμάτο από κορδέλες, χαρτιά περιτυλίγματος , χάρτινα πιατάκια και ποτηράκια. Το βράδυ κουρασμένος από το πολύ παιχνίδι και τον χορό, πήγε για ύπνο. Χώθηκε κάτω από την κουβέρτα του και ευχαριστημένος για την ωραία μέρα που πέρασε έκλεισε τα μάτια του. Αυτή την φορά δεν κοίταξε έξω από το παράθυρο μήπως δει κανένα αεροπλάνο.. είχε το δικό του τώρα..που στεκόταν εκεί πάνω στο χαλί του δωματίου του...

Η άνοιξη πέρασε και ήρθε το καλοκαίρι! Το σχολείο και τα μαθήματα τελείωσαν! Τώρα ο Θανασάκης δεν θα χρειάζεται να ξυπνάει τόσο πρωί κάθε μέρα και θα μπορεί να παίζει στην γειτονιά με τους φίλους του περισσότερη ώρα! Θα πηγαίνει με τους γονείς του στη θάλασσα και θα κολυμπάει φορώντας τα βατραχοπέδιλα και την μάσκα θαλάσσης που του είχε πάρει ο παππούς του. Φέτος θα ήταν και το πρώτο καλοκαίρι που θα πήγαινε κατασκήνωση και το περίμενε με πολλή χαρά! Αυτά σκεφτόταν ο Θανασάκης και πηδούσε από την χαρά του!!

Ένα απόγευμα που ο Θανασάκης καθόταν με την μητέρα του στον κήπο και τρώγανε καρπούζι, ήρθε ο μπαμπάς του κρατώντας ένα ορθογώνιο φάκελο στο χέρι του.

«Θανασάκη, του είπε. Με την μητέρα σου αποφασίσαμε φέτος να μην πας τελικά στην κατασκήνωση όπως είχαμε πει». Το πρόσωπο του Θανασάκη σκοτείνιασε. Περίμενε πως και πως να πάει κατασκήνωση και να γνωρίσει καινούριους φίλους. Γιατί οι γονείς του αλλάξανε γνώμη; Τι είχε συμβεί;

Ο μπαμπάς του Θανασάκη συνέχισε...

«Οι βαθμοί σου φέτος ήταν πάρα πολύ καλοί και για να ανταμείψουμε τους κόπους σου λέμε να πάμε όλοι μαζί ένα ταξίδι! Θα πάμε στην Κρήτη!» Το πρόσωπο του Θανασάκη φωτίστηκε πάλι από χαρά!! Ο μπαμπάς του, άνοιξε τον φάκελο και έβγαλε από μέσα τρία αεροπορικά εισιτήρια!

«Πω, πω!!!» ξεφώνησε ο Θανασάκης! Επιτέλους το όνειρο του θα γινόταν πραγματικότητα! Θα ταξίδευε με αληθινό αεροπλάνο!!

«Αχ, μπαμπά μου σας ευχαριστώ» είπε. Πήρε τα εισιτήρια στα χέρια του άρχισε να χοροπηδάει γύρω από το τραπέζι γελώντας!

Οι βδομάδες πέρασαν ώσπου ήρθε η μεγάλη μέρα που τόσο προσμονούσε! Όλα ήταν έτοιμα! Χαιρόταν πολύ που θα πήγαινε διακοπές. Πιο πολύ όμως χαιρόταν που θα έμπαινε σε αεροπλάνο! Ο Θανασάκης και οι γονείς του είχανε μαζέψει τις βαλίτσες τους μέρες πριν μη τυχόν και ξεχάσουν τίποτα! Είχανε πάρει ότι μπορεί να χρειαζόντουσαν. Ρούχα, καπέλα για τον ήλιο, μαγιό, σαγιονάρες, αντηλιακό και φωτογραφική μηχανή.

Ο Θανασάκης και οι γονείς του έφτασαν στο αεροδρόμιο δυο ώρες πριν την αναχώρηση τους. Πρώτη φορά πήγαινε στο αεροδρόμιο ο Θανασάκης.

«Τι μεγάλο που είναι» σκέφτηκε μόλις πέρασαν την κεντρική είσοδο του αεροδρομίου. Ακολούθησε τους γονείς του σε ένα κισσέ και μπήκαν στην σειρά με τους υπόλοιπους ταξιδιώτες. Πάνω από τον κισσέ υπήρχε μια μεγάλη οθόνη που έγραφε με κεφαλαία γράμματα «Κρήτη». Όταν ήρθε η σειρά τους παρέδωσαν τις βαλίτσες τους σε κάποιον κύριο με μπλε στολή ο οποίος τις ζύγισε και τους κόλλησε ένα πράσινο αυτοκόλλητο .Έπειτα, πήραν τις κάρτες επιβίβασης και ξεκίνησαν για την αίθουσα αναμονής.

Το αεροδρόμιο είχε πολλά μικρά μαγαζάκια και φαγάδικα που μπορούσες να περάσεις την ώρα σου χαζεύοντας, ψωνίζοντας ή τρώγοντας κάτι μέχρι την επιβίβαση σου στο αεροπλάνο. Αφού πέρασαν μια μεγάλη διπλή γυάλινη πόρτα, έφτασαν σε μια τεράστια αίθουσα. Στην είσοδο της έστεκαν δυο κύριοι με στολή. Τους έκαναν νόημα και πλησιάσανε. Ο μπαμπάς του Θανασάκη έβγαλε τις κάρτες επιβίβασης και τα διαβατήρια από την τσάντα, και τους τα έδωσε. Ύστερα πέρασαν μέσα από μια στενή πόρτα - έτσι τουλάχιστον φαινόταν στον Θανασάκη.

«Τι είναι αυτό;» ρώτησε τον μπαμπά του.

«Είναι απλά ένας έλεγχος» τον καθησύχασε ο μπαμπάς του.

Αφού πήραν πίσω τα διαβατήρια τους προχώρησαν στο βάθος της αίθουσας. Αντί για τοίχους η αίθουσα είχε μεγάλα γυάλινα παράθυρα. Ο

Θανασάκης πλησίασε στο παράθυρο και η καρδιά του σκίρτησε... Δεν πίστευε στα μάτια του! Εκεί μπροστά του, πίσω από το τζάμι έστεκαν όλα τα αεροπλάνα που ήταν έτοιμα για απογείωση!

«Κοίτα μαμά! Αεροπλάνα» φώναξε ο Θανασάκης με ενθουσιασμό και κόλλησε τα χεράκια του στο τζάμι.

«Πόσο μεγάλα είναι τα αεροπλάνα από κοντά» σκέφτηκε. Τα περισσότερα ήταν άσπρα με διάφορα χρώματα στην ουρά και είχαν αμέτρητα παραθυράκια. Οι τουρμπίνες ήταν πελώριες και έμοιαζαν έτοιμες να σε καταπιούν! Ήταν γκρι και γυάλιζαν στον ήλιο! Ποτέ του ο Θανασάκης δεν είχε δει κάτι τόσο ωραίο. Έμεινε εκεί να κοιτάει τα αεροπλάνα έκθαμβος!

Και επιτέλους ήρθε η ώρα να επιβιβαστούν στο δικό τους αεροπλάνο. Ο Θανασάκης δεν κρατιόταν. Όταν ήρθε η σειρά τους πέρασε τρέχοντας την πόρτα και εκεί είδε ένα λεωφορειάκι που τους περίμενε. Ο Θανασάκης έπιασε το χέρι της μαμάς του. Ανέβηκαν γρήγορα όλοι μαζί στο λεωφορείο και αυτό τους πήγε στο αεροπλάνο με το οποίο θα ταξίδευαν. Όταν άνοιξαν οι πόρτες του λεωφορείου ο Θανασάκης είδε μπροστά του μια τεράστια σκάλα που οδηγούσε στη πόρτα του αεροπλάνου. Η μηχανή του αεροπλάνου ήταν αναμμένη και έκανε πολύ θόρυβο. Με δυσκολία μπορούσε να ακούσει την μαμά του που τον φώναζε να μείνει κοντά της.

Ανέβηκαν την σκάλα και έφτασαν στο αεροπλάνο! Στην πόρτα τους περίμεναν δυο νεαρές κυρίες, ντυμένες ομοιόμορφα με μπλε στολή και πράσινα καπελάκια. Στο λαιμό τους είχαν δεμένο και ένα πράσινο μαντίλι. Τους καλωσόρισαν με χαμόγελο και τους έδειξαν τις θέσεις τους. Η καμπίνα του αεροπλάνου ήταν πολλή μεγάλη και μακρόστενη. Στην μέση υπήρχε ένας στενός διάδρομος. Δεξιά και αριστερά του διαδρόμου υπήρχαν τριάδες από μπλε καθίσματα. Πάνω από τις θέσεις βρισκόντουσαν ντουλαπάκια που χρησίμευαν σαν αποθηκευτικοί χώροι. Αφού βρήκαν τις θέσεις τους, ο μπαμπάς του Θανασάκη έβαλε την τσάντα του στο ντουλαπάκι ακριβώς από πάνω τους και κάθισαν. Ο Θανασάκης ζήτησε από την μαμά του να κάτσει στη θέση δίπλα στο παράθυρο όπως κι έγινε.

Το αεροπλάνο ήταν γεμάτο κόσμο! Άλλοι έψαχναν να βρουν τις θέσεις τους και άλλοι προσπαθούσαν να στριμώξουν τα πράγματα τους στα ντουλαπάκια... Οι αεροσυνοδοί έτρεχαν κι αυτές πάνω κάτω προσπαθώντας να βοηθήσουν τους ταξιδιώτες να τακτοποιηθούν. Μετά από λίγη ώρα όλοι ήταν στις θέσεις τους. Οι αεροσυνοδοί ζήτησαν από τους επιβάτες να δέσουν τις ζώνες τους και έπειτα τους έδωσαν τις απαραίτητες οδηγίες. Πάνω από τα κεφάλια τους άναψε ένα λαμπάκι που έλεγε:

«Προσδεθείτε»

Ο Θανασάκης δεν φοβόταν καθόλου! Είχε όμως πολύ αγωνία!

Ξαφνικά παρατήρησε πως άρχισαν να κινούνται! Το αεροπλάνο άρχισε σιγά σιγά να γλιστράει πάνω στον αεροδιάδρομο και να επιταχύνει ταχύτητα. Άρχισε να τρέχει πολύ γρήγορα! Ξαφνικά ένας δυνατός θόρυβος ακούστηκε και ο Θανασάκης ένοιωσε να κολλάει πίσω στην πλάτη του καθίσματος του. Κοίταξε έξω από το παράθυρο και διαπίστωσε πως απογειωνόντουσαν! Τα χωράφια και τα σπίτια άρχισαν να μικραίνουν τόσο που σε λίγο δεν τα έβλεπε καθόλου! Έγιναν μικρές κουκίδες και χάθηκαν. Ένα κουδουνάκι χτύπησε και το λαμπάκι «προσδεθείτε!» έσβησε. Οι αεροσυνοδοί άρχισαν να κυκλοφορούν πάλι πάνω κάτω στον μακρύ διάδρομο και να προσφέρουν στους ταξιδιώτες καφέ και χυμό, συνοδεύοντας τα με μπισκότα και ξηρούς καρπούς. Ο Θανασάκης κοίταξε πάλι έξω από το παράθυρο. Τώρα είχαν περάσει πάνω από τα σύννεφα... Ο ουρανός ήταν γαλανός, ο ήλιος έλαμπε και τα σύννεφα έπαιρναν διάφορα σχήματα και σχέδια.

«Πόσο ωραία είναι» είπε στην μαμά του που καθόταν δίπλα του.

Μια αεροσυνοδός που άκουσε τα λόγια του, τον πλησίασε και του είπε:

«Καταλαβαίνω ότι είναι το πρώτο σου ταξίδι με αεροπλάνο. Θα ήθελες να μπεις στο πιλοτήριο;» Ο Θανασάκης δεν πίστευε στα αφτιά του! Κοίταξε τους γονείς του και αφού του έγνεψαν ότι μπορεί να πάει, σηκώθηκε από την θέση του και ακολούθησε την αεροσυνοδό. Οι φίλοι του δεν θα το πίστευαν όταν θα τους το έλεγε! Έφτασαν στο μπροστινό μέρος του αεροπλάνου και άνοιξαν μια μικρή πορτούλα. Ο Θανασάκης πέρασε μέσα και είδε τον πιλότο να κάθεται στο πηδάλιο φορώντας μεγάλα ακουστικά. Δίπλα του καθόταν ένας άλλος κύριος πάλι με στολή πιλότου. Του χαμογέλασαν και τον καλωσόρισαν. Το πιλοτήριο ήταν γεμάτο από μικρά κουμπάκια. Πράσινες ενδείξεις αναβόσβηναν και πολύχρωμα λαμπάκια έδιναν χρώμα στο μαύρο καντράν. Μπροστά του έβλεπε τον πεντακάθαρο ουρανό που έπαιρνε διάφορα χρώματα από το φως του ήλιου. Ο πιλότος τον φώναξε να κάτσει δίπλα του και να βγουν μια φωτογραφία μαζί! Ο Θανασάκης χάρηκε πάρα πολύ!

«Τώρα θα με πιστέψουν σίγουρα οι φίλοι μου!» σκέφτηκε. Η ώρα πέρασε κι έπρεπε να γυρίσει στην θέση του! Αποχαιρέτησε και ευχαρίστησε τους πιλότους και την αεροσυνοδό και επέστρεψε στο κάθισμα του. Κοίταξε την μητέρα του και είπε

«Όταν μεγαλώσω θα γίνω πιλότος!»

Ο κρίκος της αγάπης

Συγγραφέας: Ζωή Κριάρη

Μια φορά κι ένα καιρό, ζούσε σε μια πολιτεία μια αγαπημένη οικογένεια. Ο πατέρας, η μητέρα, η μικρή Ελπίδα και ο παππούς Ανδρέας.

Όλα κυλούσαν ήρεμα, χαρούμενα και γελαστά γιατί υπήρχε πολλή αγάπη σ' αυτό το σπιτικό. Και πώς να μην υπήρχε αγάπη σ' αυτή την οικογένεια τη στιγμή που ο παππούς Ανδρέας κρατούσε ένα πολύτιμο φυλαχτό. Και αν αναρωτιέστε τι ήταν αυτό το φυλαχτό θα σας το πω τώρα αμέσως.

Ήταν ένας χρυσός κρίκος ευλογημένος από τον Θεό που όταν ακουμπούσε έστω και μια φορά στο μέρος της καρδιάς, ακόμη και τον πιο σκληρό άνθρωπο της γης, στη στιγμή αυτός ο άνθρωπος άλλαζε και όλη η κακία του γινόταν μια θάλασσα απέραντης αγάπης.

Όλες οι κακίες που είχε εξαφανιζότανε μονομιάς, γινόταν τρυφερός, αγαπούσε τον διπλανό του, χαιρότανε με τη χαρά του άλλου και πρόσφερε με την καρδιά του ό,τι μπορούσε στους άλλους.

Έδινε ό,τι μπορούσε, αλλά και αυτός έπαιρνε χαρά και ένιωθε ευτυχισμένος.

Όμως, δυστυχώς ο κόσμος δεν είναι όλος καλός, ίσως γιατί ο κρίκος της Αγάπης δεν είχε αγγίξει πολλούς κι έτσι μερικοί άνθρωποι θέλουν να έχουν δύναμη και πλούτο και να εξουσιάζουν και να αδικούν τους πιο αδύναμους.

Κάποιοι λοιπόν τέτοιοι άνθρωποι όταν έμαθαν το μυστικό του παππού Ανδρέα ταράχθηκαν πολύ.

Μαζεύτηκαν σ' ένα μεγάλο πολυτελές γραφείο και κατέστρωναν σχέδια πώς να κλέψουν το φυλαχτό.

- Πού ξανακούστηκε αυτό; είπε ένας ξερακιανός γέρος που έτρεμαν τα χείλη του κάθε φορά που μιλούσε.

Άκου να υπάρχει αγάπη στον κόσμο. Τι άλλο θα ακούσουμε. Δεν άκουσα πιο μεγάλη ανοησία.

- Ζήτω η κακία, φώναξε τσιριχτά ένας χοντρός με λιγδωμένα μαλλιά και γαμψή μύτη.

- Πρέπει να το βρούμε και να το εξαφανίσουμε, είπε σοβαρά ένας ψηλός κοκκινοτρίχης με στενά και στριμμένα χείλη.

- Και να τον σκοτώσουμε τον παλιόγερο, ψεύδισε ένας κοντόχοντρος τριχωτός ανθρωπάκος που θύμιζε μαϊμού.

- Ναι, ναι, φωνάξανε σαν παπαγάλοι όλοι μαζί.

Φωνάξανε τους υπηρέτες τους, τους διατάξανε να πάνε να βρουν τον παππού Ανδρέα, να φέρουνε τον κρίκο γιατί αλλιώς αλοίμονό τους.

Οι υπηρέτες φύγανε φοβισμένοι με σκυμμένο το κεφάλι και αναρωτιόντουσαν πώς θα μπορούσαν να βρουν τον παππού Ανδρέα.

Ο Λουκάς, ο πιο νέος υπηρέτης, ένα παιδί 17 ετών, από την πρώτη στιγμή που μπήκε στη δούλεψή τους και κατάλαβε τι κακοί άνθρωποι ήταν, ήθελε να φύγει και τώρα αυτή ήταν η ιδανική ευκαιρία.

Θα έφευγε και δεν θα ξαναγύριζε. Μα δεν ήταν και μόνο αυτό. Γνώριζε τον παππού της Ελπίδας, τον κυρ Ανδρέα, ήξερε πόσο υπέροχος άνθρωπος ήτανε και ένιωθε σχεδόν σίγουρος ότι αυτός ήταν ο άνθρωπος που ζητούσαν τα μέχρι τότε αφεντικά του.

Μια και δυο λοιπόν, τρέχει στο σπίτι του παππού, αφού είχε καλά-καλά σκοτεινιάσει για να μην τον δουν και καθαρά και ξάστερα εξηγεί στον παππού Ανδρέα τα καθέκαστα.

Αφού τον ευχαρίστησε όλη η οικογένεια, με χίλιες προφυλάξεις ξεγλίστρησε από το πίσω μέρος της αυλής και χάθηκε μέσα στο μαύρο σκοτάδι ο Λουκάς.

Όλο το βράδυ η οικογένεια προσπαθούσε να βρει μια λύση αλλά ήδη ο παππούς είχε αποφασίσει τι θα έκανε.

Αποφάσισε να εξαφανιστεί μόνος του για να μη μπλέξει τα παιδιά του στο πρόβλημα, με την επιθυμία και την ελπίδα όταν η εγγονή του μεγαλώσει να της το εμπιστευτεί.

Κανείς δεν κοιμήθηκε καλά εκείνο το βράδυ στο σπίτι και όταν το πρωί ο ύπνος βάρυνε στα βλέφαρά τους για λίγο, ο παππούς με τον πολύτιμο θησαυρό του έφυγε σαν απαλό αεράκι από το σπίτι.

Σ' όλους έλειπε πολύ ο παππούς. Κάθε μέρα τον μελετούσανε και αναρωτιούνταν αν είναι καλά και πού είναι.

Ψάχνανε λοιπόν οι κακοί, σε πόλεις και χωριά, σε βουνά και θάλασσες να βρούνε τον παππού Ανδρέα.

Δεν άργησε να φθάσει η πληροφορία αυτή στο βασιλιά που έβαλε τους στρατιώτες του να ψάχνουν.

Τι παράξενο, ο βασιλιάς τόσο όμορφος στην όψη να έχει τέτοια σκληρή και κακιά καρδιά. Ήθελε πάση θυσία να αποκτήσει τον κρίκο της Αγάπης.

Αφού οι έρευνες δεν απέδωσαν στο βασίλειό του, αποφάσισε να κάνει πόλεμο με το γειτονικό κράτος, για να έχει το δικαίωμα να ψάξει και εκεί.

Χρόνια κράτησε αυτός ο πόλεμος και έφερε δυστυχία και στα δύο βασίλεια. Ο παππούς δεν βρισκόταν όμως, οι στρατιώτες βρήκαν τον γιο του και τη γυναίκα του και τους πήραν μαζί τους.

Όταν γύρισε η Ελπίδα στο σπίτι, ήταν τώρα μια κοπελίτσα πανέμορφη δέκα επτά ετών και δεν βρήκε τους γονείς της. Ένιωσε να χάνει το έδαφος κάτω από τα πόδια της.

Έκλαψε με την καρδιά της, ανήμπορη και δυστυχισμένη, έκανε μια ευχή και παρακάλεσε τον καλό της άγγελο να της φανερώσει τι πρέπει να κάνει.

Και ο καλός της άγγελος ήρθε στον ύπνο της σαν όνειρο και της υπέδειξε ότι πρέπει να ψάξει να βρει τον παππού της, που είναι κρυμμένος σ' ένα ψηλό βουνό, μακριά από σπίτια και ανθρώπους σ' ένα καλύβι μέσα σ' ένα πυκνό δάσος με καστανιές.

- Πρέπει να τον βρω, πρέπει πάση θυσία να τον βρω, είμαι σίγουρη πως και πάλι ο καλός μου άγγελος θα με βοηθήσει.

Έβαλε το ζεστό και μπαλωμένο παλτουδάκι της, πήρε λίγα πραγματάκια σ' ένα σάκο, τις φωτογραφίες της μητέρας της και του πατέρα της, λίγο ξερό ψωμάκι και νερό και ξεκίνησε για το άγνωστο.

Η χώρα από τον πόλεμο ήταν κατεστραμμένη, ο κόσμος πεινούσε, όμως η αγάπη που είχε αγγίξει πολλούς απλούς ανθρώπους και σ' αυτή τη δύσκολη ώρα έκανε ώστε η Ελπίδα να βρίσκει πάντα μια κουβέρτα και μια γωνιά κοντά σε πονεμένους και καλούς ανθρώπους, ώστε να μη χρειάζεται να κοιμάται στους δρόμους.

Στα σπίτια των αγνώστων καλών ανθρώπων που έβρισκε στέγη, στην πορεία της για τον παππού, άκουγε που έλεγαν πόσο κακός ήταν ο βασιλιάς τους.

Και η Ελπίδα προχωρούσε, πεινούσε, κρύωνε, μα ήταν σχεδόν βέβαιη ότι ήταν στο σωστό δρόμο και πως σίγουρα θα εύρισκε ζωντανό τον παππού της.

Έφθασε στα σύνορα της χώρας της. Στρατιώτες παντού, κουρασμένοι κι αυτοί μακριά από τις οικογένειές τους και τα παιδιά τους σίγουρα επιθυμούσαν την ειρήνη μα ο σκληρός βασιλιάς επέβαλε τη δική του θέληση.

Πόλεμος μέχρι τέλους.

Αυτό το βράδυ έκανε πολύ κρύο. Η Ελπίδα νηστική, ολότελα ανίκανη να κάνει ούτε ένα βήμα ακόμη, έπεσε λιπόθυμη κάτω στο χώμα.

Όταν άνοιξε τα μάτια της είδε ότι ήταν ξαπλωμένη σ' ένα κρεβάτι, ένα μαγκάλι προσπαθούσε να ζεστάνει το μισογκρεμισμένο δωμάτιο και τα κουρασμένα και λυπημένα μάτια μιας γιαγιάς καθισμένης σ' ένα κούτσουρο την κοίταζαν με τρυφερότητα και μια κοπελίτσα, η εγγονή της γύρω στα δεκαπέντε καθόταν στην άκρη του κρεβατιού.

- Πώς σε λένε; Ρώτησε η γιαγιά.

- Ελπίδα.

- Πώς νιώθεις παιδί μου; Είσαι πολύ εξαντλημένη. Σε βρήκαμε λιπόθυμη, λίγα μέτρα πιο 'κει.

- Καλά, ευχαριστώ, ευχαριστώ πολύ για ό,τι κάνατε για μένα.

- Πρέπει κάτι να φας. Ξέρεις, δεν έχουμε ούτε ψωμί, ούτε τίποτα, όμως η Άννα η εγγονούλα μου, πήγε πιο πάνω στο δάσος και βρήκε και έφερε κάστανα.

Τα βράσαμε και θα σε δυναμώσουμε.

- Έχει καστανιές το δάσος; αναφώνησε η Ελπίδα.

Κάτι μέσα της άστραψε σαν φλόγα.

- Θεέ μου, βοήθησέ με και πάλι. Ξέρω ότι όλα θα πάνε καλά.

- Είναι πολύ ψηλό το βουνό;

- Είναι, μα κυρίως είναι επικίνδυνο. Έχει λύκους, αρκούδες, αγριόχοιρους, όμως έχει και πολλές καστανιές και πηγές με γάργαρα νερά, οι στρατιώτες δεν ανεβαίνουν εκεί γιατί δεν έχουν και λόγο να πάνε. Δεν υπάρχει ψυχή εκεί, είπε η γιαγιά.

- Ας είναι ευλογημένα τα κάστανα, είπε η Άννα, μ' αυτά κυρίως επιζήσαμε.

Πρέπει να είμαι κοντά σου παππού, πολύ κοντά σου, σκέφθηκε η Ελπίδα.

Την άλλη μέρα συγκέντρωσε όλη της τη δύναμη και ξεκίνησε για το μεγάλο τόλμημα.

Λες και είχε φτερά, ανέβαινε, ανέβαινε, δεν φοβόταν τίποτα. Η ψυχή της ήταν πλημμυρισμένη με τη βεβαιότητα ότι θα εύρισκε τον παππού της.

Πρέπει να πηγαίνω εκεί που υπάρχει νερό.

Τα δέντρα ήταν καλά, μα όσο πιο ψηλά ανέβαινε τα κάστανα κρεμόντουσαν ακόμη και στα χαμηλά κλαδιά.

Έκοβε και έτρωγε, τι νόστιμα που ήταν, τι δύναμη της δίνανε.

Ανάμεσα σε κάτι θάμνους, κάτι κουνήθηκε. Για μια στιγμή φοβήθηκε. Έσκυψε και πήρε μια μεγάλη πέτρα στα χέρια της και την πέταξε με δύναμη, κάτι έφυγε τρέχοντας πιο φοβισμένο και από την ίδια.

Περπατούσε γρήγορα, λες και κάποιος την κρατούσε από το χέρι και την οδηγούσε στο σωστό μέρος.

Και ξαφνικά, ω του θαύματος, μια μισογκρεμισμένη παράγκα, ξύλινη, στο μέσο του πουθενά.

Η καρδιά της Ελπίδας άρχισε να χτυπάει τρελά.

- Παππού, παππού, άρχισε να φωνάζει, τρέχει, σκοντάφτει, χτύπησε τα γόνατά της, δεν τη νοιάζει τίποτα.

Η πόρτα τρίζει και ανοίγει μ' ένα σπρώξιμο.

- Παππού, ξαναφωνάζει, κανείς δεν απαντά.

Με το βλέμμα της εξετάζει το χώρο. Ένα ξύλινο κρεβάτι, ένα απλό τραπεζάκι πάνω σε κομμένο κορμό δέντρου και κάτι σαν αυτοσχέδιο τζάκι. Ένα μπαούλο και δύο πήλινα αγγεία για νερό.

Μήπως ο παππούς πήγε για ξύλα πιο πέρα; Βγήκε η Ελπίδα, έβαλε τα χέρια σαν χωνί γύρω στο στόμα και άρχισε πάλι να φωνάζει.

Τελικά άνοιξε και άρχισε να ψάχνει το μόνο πράγμα που υπήρχε.

Το μπαούλο.

Δεν ήταν κλειδωμένο, ήταν σκονισμένο, είχε καιρό να ανοίξει.

Επάνω, επάνω είδε τη φωτογραφία ευτυχισμένων ημερών με τον πατέρα και την μητέρα της και την ίδια μικρούλα με μπούκλες στα μαλλιά.

Έβαλε τα κλάματα. Ώστε εδώ κρυβόταν ο παππούς, πού να 'ναι τώρα, αναρωτήθηκε.

Βρήκε χαρτιά στο μπαούλο και κάτω-κάτω διπλωμένο με προσοχή ένα κιτρινισμένο από τον καιρό χαρτί.

Στην αγαπημένη μου Ελπίδα.

Το άνοιξε με χέρια που τρέμανε και με τα μάτια θολά από τα δάκρυα δεν μπορούσε να διαβάσει τίποτα.

Τα σκούπισε με τα χέρια της που τρέμανε απελπιστικά.

«Δερ ξέρω αρ ποτέ πάρεις, γλυκό μου παιδί, αυτό το γράμμα στα χέρια σου. Θέλω ρα πιστεύω πως κάποια στιγμή θα γίρει.

Δερ ήθελα ρα σας κάρω κακό και γι' αυτό με πόρο καρδιάς έφυγα. Ζω εδώ μακριά από τορ κόσμο θέλορτας ρα προστατέψω τορ κρίκο της Αγάπης για ρα μη χαθεί ποτέ η Αγάπη από τορ κόσμο.

Ξέρω ότι θέλουρ ρα το κλέψουρ και ρα το καταστρέψουρ. Ζω με μια ελπίδα. Κάποτε ρα καταλήξει στα χέρια σου και ρα προσφέρεις αυτό το θείο δώρο πάλι στους αρθρώπους.

Εγώ είμαι γέρος και αρήμπορος, έζησα, αγάπησα, είμαι ευτυχής, το μόρο που θέλω είραι ο κρίκος κάποια μέρα ρα 'ρθει στα χέρια σου. Δερ ξέρω πώς και πότε.

Ελπίζω ρα είστε όλοι καλά όπως τότε που σας άφησα. Αρ δερ με βρεις εδώ, θέλω ρα ψάξεις και ρα βρεις τορ κρίκο, πάρτορ και δώσε στορ κόσμο Αγάπη.

Θυμάσαι το παιχρίδι των κρυμμέρων λέξεων που παίζαμε κάποτε μαζί; Χρησιμοποίησε αυτόρ τορ κώδικα και θα βρεις πού είραι κρυμμέρος ο κρίκος.

Με όλη τηρ αγάπη του κόσμου σ' εσέρα καρδούλα μου με τηρ ελπίδα όπως συμβολικά είραι και το όρομά σου και τηρ ευχή ρα χαρίσεις απέραρτη αγάπη στορ Κόσμο.

Ο παππούς σου».

Η Ελπίδα έκλαιγε, έκλαιγε δυνατά, φύσηξε τη μύτη της και συνέχισε να κλαίει.

Θυμήθηκε πως μέσα σ' ένα κείμενο είχανε ένα κώδικα και βρίσκανε μια κρυμμένη λέξη, αυτό ήταν το παιχνίδι που τώρα θα έδινε τη λύση.

Χρειάστηκε να βγει έξω από την καλύβα και με ένα ξυλάκι να χαράζει στο χώμα ένα-ένα τα γράμματα.

Με αρκετή προσπάθεια διάβασε τον γρίφο. Ο κρίκος ήταν κρυμμένος στο διπλό πάτο του πιο μικρού αγγείου.

Με χέρια που τρέμανε σήκωσε το αγγείο με δύναμη και το έσπασε επάνω σε μια πέτρα. Με αγωνία έψαξε ανάμεσα στα σπασμένα κεραμικά να βρει τον χρυσό κρίκο.

Πώς έλαμπε σαν ήλιος ανάμεσα στα χαλάσματα. Τον πήρε ανάμεσα στα χέρια της, ένιωσε μια απέραντη ευδαιμονία, τό 'φερε στα χείλη της, το φίλησε και με τα δυο της χέρια το 'φερε στην καρδιά της.

Κρατώντας το σαν πολύτιμο φυλαχτό στα χέρια της, μετά απ' όλα αυτά που συνέβησαν εκείνη τη μέρα έγειρε στο κρεβάτι του παππού και ύπνος γλυκός έκλεισε τα βλέφαρά της.

Δεν ήταν σίγουρη την άλλη μέρα, αν φαντάστηκε ή πραγματικά είδε τον παππού της χαμογελαστό στα όνειρά της.

Ο πόλεμος συνεχιζόταν, έπρεπε να κάνει κάτι, μα τι μπορούσε τάχα να κάνει ένα νέο ολομόναχο κορίτσι;

Αν κάποιος έπρεπε πρώτα να αλλάξει, αυτός ήταν ο κακός φιλοπόλεμος βασιλιάς.

Μα πως; πώς θα μπορούσε να τον πλησιάσει;

Η ευκαιρία δεν άργησε να 'ρθεί.

Ο γειτονικός βασιλιάς που έπαθε πολλά η χώρα του, για να βελτιώσει τις σχέσεις του με τον κακό βασιλιά πρότεινε να δώσει την κόρη του για σύζυγο στον φιλοπόλεμο βασιλιά.

Ο κακός βασιλιάς βρήκε ότι τον συνέφερε αυτός ο γάμος, άσχετα που δεν αγαπούσε καθόλου την πριγκίπισσα.

Τότε η Ελπίδα μηχανεύτηκε ένα κόλπο. Αφού κατάφερε να πλησιάσει το παλάτι, είπε στον φρουρό ότι έχει γράμμα από την πριγκίπισσα και πρέπει να το παραδώσει η ίδια στα χέρια του βασιλιά.

Ο φρουρός το πίστεψε, το πίστεψε και ο βασιλιάς και σε λίγο η Ελπίδα βρισκόταν πρόσωπο με πρόσωπο με τον ίδιο τον Βασιλιά.

Στο φόρεμά της είχε ράψει ένα στολίδι μαζί με άλλα κεντήματα, τον κρίκο. Το μόνο που έπρεπε τώρα να πετύχει ήταν να ακουμπήσει ο κρίκος στο μέρος της καρδιάς του βασιλιά.

Θα το κατάφερνε; Ή θα είχε κακό τέλος η Ελπίδα;

Όλα παίζονταν. Οπλίσθηκε με θάρρος, σκέφθηκε τον παππού της και ζήτησε βοήθεια από τον καλό της άγγελο και παρουσιάστηκε μπροστά στον βασιλιά.

Τέτοια πολυτέλεια ούτε την είχε φαντασθεί και ο βασιλιάς τόσο νέος και τόσο όμορφος, τι κρίμα να είναι τόσο κακός άνθρωπος.

Μεγαλειότατε, έχω ένα γράμμα για σας από την κυρά μου την πριγκίπισσα.

Ο βασιλιάς θαμπώθηκε από την ομορφιά της κοπέλας και της είπε:

- Έλα, έλα πιο κοντά και πες μου πως σε λένε.

Η Ελπίδα σκέφθηκε ή τώρα ή ποτέ. Πλησιάζει ντροπαλά τον άρχοντα, κάνει πως σκοντάφτει στο χαλί και πέφτει επάνω του προσπαθώντας ο κρίκος να βρεθεί κοντά στην καρδιά του βασιλιά.

Το πέτυχε, το πέτυχε. Ο βασιλιάς σκύβει να σηκώσει αυτό το θείο πλάσμα, το κοιτά με θαυμασμό και αγάπη, ξεχνάει το γράμμα και την ρωτάει με τρυφερότητα αν χτύπησε.

- Ω Θεέ μου, έγινε το θαύμα, τα κατάφερα, σίγουρα θα σταματήσει ο πόλεμος.

Ο βασιλιάς έγινε άλλος άνθρωπος. Όχι μόνο σταμάτησε τον πόλεμο, έδωσε την περιουσία του στο λαό του, παντρεύτηκε την Ελπίδα γιατί αυτήν αγάπησε, βρήκαν τους γονείς της που ήταν αιχμάλωτοι και άρχισε το βασίλειο να βρίσκει γαλήνη κι ευτυχία.

Η Ελπίδα εξήγησε πως έγινε το θαύμα και ο βασιλιάς διέταξε τους κατοίκους να περάσουν όλοι και να ακουμπήσουν τον κρίκο της Αγάπης στην καρδιά τους. Αυτό ήταν το βασίλειο της Αγάπης και της Ελπίδας ή αλλιώς το «Βασίλειο της Ουτοπίας» αν έχετε ακουστά.

Από τότε, κάθε παιδί που γεννιότανε σ' αυτό το ευτυχισμένο βασίλειο ακούμπαγε στον κρίκο.

Τότε οι άλλοι λαοί που βλέπανε την πρόοδο και ευτυχία της Ουτοπίας σκεφθήκανε να κάνουνε και αυτοί ένα ψεύτικο χρυσό κρίκο και να τον δίνουν στον άντρα ή στη γυναίκα που θα αγαπήσουν ή θα παντρευτούν.

Αυτή είναι η γνωστή βέρα που φοράνε τα ζευγάρια.

Μ' αυτή δείχνουμε την αγάπη μας στο σύντροφό μας.

Μερικές φορές, όμως, δεν έχει αυτή τη μαγική χάρη.

Δεν είναι βλέπετε ο πραγματικός κρίκος της Αγάπης, αυτός βλέπετε είναι φυλαγμένος πολύ καλά στο «Βασίλειο της Ουτοπίας».

Μια Όμορφη Ιστορία

Συγγραφέας: Αλεξάνδρα Λεονταρίτου

Στις παρυφές του Ολύμπου, λίγο πιο πέρα από τους αγρούς με τα καπνά, κοντά στο πυκνό δάσος και καμιά ώρα περπάτημα από το χωριό του παππού μου, υπάρχει ένα σπίτι. Ένα παλιό, παραμελημένο και μοναχικό μικρό σπιτάκι, που δεν έχει ούτε ρεύμα, ούτε τηλέφωνο, ούτε καμία άλλη από τις σύγχρονες ανέσεις. Η παλιά πλινθόκτιστη σκεπή του έχει γκρεμιστεί εδώ και καιρό και τα παραθυρόφυλλα στα δύο του παράθυρα χάσκουν ξεχαρβαλωμένα, αφήνοντας να φανούν τα μισογκρεμισμένα δωμάτια. Ο κήπος του είναι κατάφυτος με άγρια βλάστηση, που μοιάζει να ξεχειλίζει από τη ερειπωμένη μάντρα και η είσοδος του είναι φραγμένη από μια γέρικη αγριοτριανταφυλλιά, που έχει απλώσει σα δίχτυα τα κλαδιά της πάνω στην παλιά ξύλινη πορτούλα. Δρόμος δεν περνά από το σπίτι αυτό, παρά μόνο ένα μικρό χορταριασμένο μονοπάτι, που οδηγεί στο δάσος και χάνεται ανάμεσα στις κουμαριές και τις καστανιές.

Οι κάτοικοι του χωριού αποφεύγουν να περνούν κοντά από αυτό το σπίτι. Λένε πως είναι στοιχειωμένο. Κάποιοι λένε πως περνώντας απ' έξω , άκουσαν τον κελαριστό ήχο νερού που χύνεται, σαν από πηγή. Άλλοι πως άκουσαν γοερά κλάματα νεαρής κοπέλας, άλλοι μοιρολόγια, άλλοι μελωδίες και γλυκοκελάηδημα πουλιών.

Μα εγώ, γνωρίζω από πρώτο χέρι την ιστορία του σπιτιού. Μου την είπε πριν από πολλά, πολλά χρόνια, όταν ήμουν τόσο δα παιδάκι, ο παππούς μου.

Τον θυμάμαι σαν τώρα, να κάθεται στο πεζούλι, εκεί στα ριζά του μεγάλου πλατάνου στην αυλή του σπιτιού του. Να ανάβει την πίπα του και να χτυπάει την παλάμη του απαλά στη λευκή πέτρα δίπλα του, καλώντας σιωπηλά, εμένα και τα υπόλοιπα παιδιά της γειτονιάς να καθίσουμε κοντά του.

Με τις αφηγήσεις του με ταξίδευε χιλιάδες χρόνια πριν, στην εποχή που άνθρωποι, ζώα και φυτά ήταν ένα. Την εποχή που τα δάση ήταν γεμάτα με πλάσματα μαγικά. Την εποχή που ο Άνθρωπος κατανοούσε τη γλώσσα όλων των άλλων πλασμάτων. Μπορούσε να συνομιλήσει ακόμα και με τα δέντρα και δε στερούσε τη ζωή ή την ελευθερία από κανένα όν, παρά μόνον για να καλύψει τις βασικές διατροφικές ανάγκες του...

Μου μιλούσε για τον τραγοπόδαρο Πάνα, που του άρεσε να ξαπλώνει στις φτέρες δίπλα στο ποτάμι, εκεί που οι νύμφες έλουζαν τα μαλλιά τους και να παίζει μελωδίες με τον αυλό του. Μου μιλούσε για τους Κένταυρους, που δίδασκαν στον Άνθρωπο την Αλληλοκατανόηση και το Σεβασμό. Τις μούσες που του μάθαιναν τη Μουσική, την Αρμονία, την Ιστορία και την Ποίηση... Μου μιλούσε για τους λύκους που ανέθρεφαν τα μωρά του ανθρώπου, τις αρκούδες που πλάι τους κοιμόταν και ζεσταινόταν τις κρύες νύχτες και για τις γοργόνες και τα άλλα θαλάσσια πλάσματα που του δίδαξαν τη Ναυσιπλοΐα και τον συντρόφευαν στα ταξίδια του.

Και ύστερα, μου είχε πει, ο άνθρωπος άλλαξε. Ανακάλυψε την Απληστία, την Υπεροψία, την Αγνωμοσύνη και τη Θρασύτητα και προσπάθησε να υποτάξει όλη τη φύση προς όφελός του. Ύψωσε ψηλά πέτρινα κτίρια και φράγματα σε ποταμούς και λίμνες, έκοψε και έκαψε δάση ολόκληρα και μόλυνε τη γη και τον ουρανό. Κάποια πλάσματα, αδύναμα, υπέκυψαν. Άλλα του εναντιώθηκαν και τον πολέμησαν για αιώνες, με ότι μέσα διέθεταν. Και κάποια άλλα, προσπάθησαν να τον λογικέψουν... Μα με το πέρασμα του χρόνου, ο άνθρωπος έπαψε τελείως να μιλά τη γλώσσα των άλλων πλασμάτων... Έπαψε να θυμάται την ύπαρξη τους...

Έτσι, πολλά από τα πλάσματα του αρχαίου κόσμου πήραν μια μεγάλη απόφαση. Να αφήσουν τη γη και να μεταφερθούν μέσω της μίας και μοναδικής πύλης που οδηγούσε σ' αυτήν, στη διάσταση του Λήθης. Η πύλη, βρισκόταν κρυμμένη μέσα σε μια σπηλιά, στους πρόποδες του Ολύμπου. Άνοιγε μια φορά κάθε τριακόσια χρόνια και παρέμενε ανοικτή μόλις για μερικές ημέρες. Οι πρώτοι που διάβηκαν την πύλη, ήταν οι δράκοι και τα «τέρατα»: Πλάσματα που ο άνθρωπος θεωρούσε παραμορφωμένα κι άσχημα, όπως οι Άρπυιες, οι Κύκλωπες, η Σφίγγα και οι Μινώταυροι. Ύστερα ακολούθησαν οι Φοίνικες, τα θαυμαστά πουλιά και πολλά άλλα πλάσματα των οποίων τα ονόματα και τις μορφές δε γνωρίζουμε πια. Έπειτα, ακολούθησαν οι Κένταυροι και οι Σάτυροι και μόλις πριν από περίπου τετρακόσια χρόνια, οι Γοργόνες και πολλές από τις Νύμφες. Κάποιες Νύμφες, παρέμειναν κρυμμένες στα, εναπομείναντα ανέγγιχτα δάση ... Βλέπετε, οι νύμφες ζουν για τα δέντρα, τα ποτάμια και τις λίμνες και τα αγαπούν πιο πολύ κι από την ίδια τους τη ζωή.

Τότε, πριν από περίπου τετρακόσια χρόνια δηλαδή, ξεκίνησε να περάσει την πύλη και ένα ακόμα πλάσμα, το οποίο ως τότε, ζούσε μαζί με τους αετούς σε απάτητες βουνοπλαγιές. Ήταν το όμορφο φτερωτό λευκό άτι, ο Πήγασος.

Μετά την περιπέτεια του με τον Βελλερεφόντη, ο οποίος τον είχε κάνει υποχείριο του και τον οδήγησε σε αιματηρές μάχες μέχρι τη στιγμή που κατάφερε να ελευθερωθεί, ο Πήγασος, είχε κατορθώσει να παραμείνει μακριά από τα μάτια του ανθρώπου για πολλά χρόνια. Όμως, η κυριαρχία του ανθρώπου συνέχιζε να εξαπλώνεται και το φτερωτό άλογο είχε αρχίσει να φοβάται πως δεν θα αργούσε να έρθει ο καιρός που ο άνθρωπος θα κατακτούσε και τον ουρανό!

Πήρε λοιπόν τη μεγάλη απόφαση και έφτασε πετώντας στην είσοδο της σπηλιάς, λίγο πριν κλείσει η μαγική πύλη. Μια νύμφη που τον είδε, έτρεξε κοντά του.

- Βιάσου! Του φώναξε. Η πύλη θα κλείσει σε λίγο!

Συνοδευόμενος από τη νύμφη, ο Πήγασος, βάδισε αργά και διστακτικά και τα μάτια του περιεργάστηκαν την αλλόκοτη σκοτεινή χοάνη που έμοιαζε να συρρικνώνεται μπροστά του. Πέρασε τα δυο του μπροστινά πόδια και το κεφάλι του μέσα από την πύλη και τρόμαξε, αντικρίζοντας μόνο σκοτάδι.

- Έτσι σκοτεινά είναι εδώ; Ρώτησε τη νύμφη
- Ναι, του απάντησε θλιμμένα εκείνη. Εδώ δεν έχει ουρανό, ούτε άστρα, ούτε ήλιο, ούτε γη, ούτε δάση, ούτε πηγές. Μόνο σκοτάδι και ομίχλη ... Κι εμείς θα αιωρούμαστε εδώ, μέχρι να γεφυρώσει τους κόσμους μας ξανά εκείνος που μας ξέχασε... ο Άνθρωπος...

Ο Πήγασος τρομοκρατήθηκε στη σκέψη πως δε θα ξανάβλεπε το φως του ήλιου και πως δεν θα ένιωθε πια το απαλό αεράκι να του χαϊδεύει τη χαίτη. Έστριψε βιαστικά το σώμα του σε μια προσπάθεια να επιστρέψει πίσω στη σπηλιά.

- Στάσου! Του φώναξε η νύμφη τρομαγμένη.

Ήθελε να του πει πως όταν διαβείς την πύλη της Λήθης και οι δυο κόσμοι είναι αγεφύρωτοι, δεν μπορείς πια να γυρίσεις πίσω. Μα δεν πρόλαβε...

Ο Πήγασος σηκώθηκε στα δύο πισινά του πόδια και όρμησε έξω από τη χοάνη. Μόλις τα μπροστινά του πόδια πάτησαν ξανά στο έδαφος της σπηλιάς, το όμορφο άλογο μετατράπηκε σ' ένα άψυχο μαρμάρινο άγαλμα.

Βλέποντας το αυτό η νύμφη, ούρλιαξε τόσο δυνατά από την απελπισία της, που την άκουσαν όλα τα πλάσματα της Λήθης και του κόσμου των ανθρώπων. Κι όσες νύμφες είχαν απομείνει στη γη, μαζεύτηκαν στη σπηλιά να δουν τι είχε συμβεί.

Όλες οι νύμφες έκλαψαν πολύ για τον αγαπημένο τους Πήγασο. Τόσο πολύ που τα δάκρυα τους, σκάλισαν το βράχο της σπηλιάς και έφτιαξαν ένα υπόγειο ρυάκι, που το νερό του κύλισε μέσα στο βουνό, κι έφτασε στις παρυφές του, όπου βρήκε μια όμορφη τοποθεσία κατάφυτη με αγριόκρινα και ανάβλυσε πάλι στην επιφάνεια. Και καθώς, κάθε που γεννιέται μια πηγή, γεννιέται και μια νύμφη, σαν πεταλούδα που βγαίνει μέσα από το κουκούλι της, ξεδιπλώθηκε μέσα από το νερό μια όμορφη κοπέλα. Τα μάτια της είχαν το μπλε χρώμα των αγριόκρινων και τα μαλλιά της, το κατάλευκο χρώμα της χαίτης του Πήγασου .

Καθώς τα αγριόκρινα ονομάζονται και ίριδες, οι άλλες νύμφες, θέλοντας συγχρόνως να τιμήσουν και το αγαπημένο τους άτι την ονόμασαν Πηγίρις και φεύγοντας, της ανέθεσαν την φύλαξη της πηγής και μαζί μ' αυτήν και του σπηλαίου με το μαρμαρωμένο άτι και τη μαγική πύλη.

Η πηγή όμως, βρισκόταν σε εμφανές σημείο, ανάμεσα σε αγρούς και πολύ σύντομα, ο άνθρωπος έκανε την εμφάνιση του. Πρώτοι, πρώτοι έφτασαν στην πηγή τρεις χωρικοί. Ο ένας απ' αυτούς, έσκυψε και με τη χούφτα του δοκίμασε το νερό της. Επειδή το νερό της πηγής ήταν φτιαγμένο από τα δάκρυα των νυμφών, ήταν αλμυρό και έτσι, ο χωρικός με μια έκφραση αποτροπιασμού το πέταξε πίσω λέγοντας:

- Αυτό το νερό είναι αλμυρό! Δεν μπορούμε να ποτίσουμε τα σπαρτά μας μ' αυτό! Α, στο καλό! Τι να την κάνουμε την παλιοπηγή αν το νερό της δεν πίνεται;
- Να την μπαζώσουμε, πρότεινε ένας από τους άλλους δύο χωρικούς και με μιας άρχισαν και οι τρεις να πετούν πέτρες μέσα στη γούβα με το νερό.

Η Πηγίρις έγινε τότε έξαλλη και χωρίς να το καλοσκεφτεί, φανερώθηκε μπροστά τους και τους έριξε ένα ξόρκι τρομερό, όπου και οι τρεις χωρικοί έχασαν τα λογικά τους κι έφυγαν περπατώντας στα τέσσερα, ο ένας προς την δύση, ο άλλος προς την ανατολή κι ο τρίτος προς το νότο.

Μα οι νύμφες, δεν είναι πλασμένες να κάνουν κακό στον άνθρωπο, μήτε σ' άλλο πλάσμα. Μπορούν να το κάνουν σε περίπτωση μεγάλης ανάγκης, αλλά αυτό τις αποδυναμώνει τελείως. Έτσι, η Πηγίρις αναγκάστηκε να κρυφτεί μες στο νερό της πηγής ώσπου να επανακτήσει τις δυνάμεις της.

Και μέσα απ' το νερό είδε δυο ταξιδιώτες να κάθονται στα βράχια σιμά της. Ο ένας απ' αυτούς έδειχνε άρρωστος μα κι ο άλλος που τον συνόδευε έδειχνε πολύ κουρασμένος. Δοκίμασαν κι οι δύο από το γλυφό νερό μα, ενώ στην αρχή η αντίδρασή τους ήταν ίδια με των χωρικών, δηλαδή το έριξαν πάλι πίσω λέγοντας πως είναι αλμυρό, μετά από μερικά λεπτά σηκώθηκαν όρθιοι και... άρχισαν να ζητωκραυγάζουν και να χορεύουν!

- Το νερό είναι ιαματικό! Φώναζε εκείνος που έμοιαζε άρρωστος αρχικά. Κοίτα! Έγινα καλά!
- Ναι! Του απάντησε ο άλλος όλο χαρά. Κι εγώ νιώθω τόσο ξεκούραστος!

Όταν η αρχική τους χαρά καταλάγιασε, οι δύο ταξιδιώτες άρχισαν να συζητούν χαμηλόφωνα, λες και φοβόταν μην τους ακούσει κανείς:

- Ξέρεις πόσο πλούσιοι μπορούμε να γίνουμε μ' αυτό το νερό; Είπε ο ένας.
- Θα μένουμε σε παλάτι όπως ο σουλτάνος! Είπε ο άλλος.
- Χρυσάφι! Αυτό το νερό είναι χρυσάφι! Ξανάπε ο πρώτος και έτριψε τα χέρια του
- Ναι, και είναι όλο δικό μας! απάντησε ο δεύτερος. Δε θα μας το πάρει κανείς!

Χωρίς να χάσουν άλλο χρόνο, οι δύο άντρες, άρχισαν να μαζεύουν πέτρες και να τις στοιβάζουν τη μία πάνω στην άλλη, φτιάχνοντας μια ψηλή μάντρα γύρω από την πηγή. Η καημένη η νύμφη, ανήμπορη να τα υπερασπιστεί, έβλεπε τους ανθρώπους να τσαλαπατάνε τα αγριόκρινα, να κόβουν τα δέντρα και να καλύπτουν τον κόσμο γύρω της με πέτρα. Μέσα στις επόμενες μέρες, οι δύο άντρες, είχαν κτίσει ένα μικρό σπιτάκι με δύο καμαράκια. Το ένα καμαράκι χρησίμευε ως αποθήκη για τα μπουκάλια που γέμιζαν με το νερό της πηγής. Το άλλο, το είχαν για να ξεκουράζονται.

Ώσπου ένα βράδυ, ακούστηκε μεγάλη φασαρία να έρχεται από το σπίτι.

- Δεν θα κάνουμε αυτό που λες εσύ! Φώναξε ο ένας από τους δυο στον άλλον.
- Ω, ναι! Βεβαίως και θα το κάνουμε! Η πηγή είναι και δική μου... Πιο πολύ είναι δική μου γιατί ... εγώ την είδα πρώτος! Του απάντησε νευριασμένα ο άλλος.

- Όχι βέβαια! Γρύλλισε ο πρώτος. Δική μου είναι η πηγή! Ολοδική μου! Εσύ απλά με συνόδευες επειδή ήμουν άρρωστος! Θα γίνει ότι λέω εγώ! Αλλιώς να φύγεις από 'δω!
- Κλέφτη! Του επιτέθηκε ο δεύτερος.

Και κουβέντα στην κουβέντα αρπαχτήκανε τόσο πολύ, που στο τέλος σκότωσαν ο ένας τον άλλον.

Και η πλάση σιώπησε… Και η Πηγίρις, δειλά, δειλά βγήκε από το νερό της πηγής και με δάκρια στα μάτια, προχώρησε στο καμαράκι με τα μπουκάλια. Και τα πήρε ένα, ένα και τα πέταξε με φόρα πάνω στο παγωμένο πέτρινο πάτωμα της αυλής του σπιτιού. Και το νερό πού' χαν μέσα έλιωσε σαν οξύ την πέτρα κι εκατοντάδες λουλούδια άρχισαν να μεγαλώνουν ως δια μαγείας.

Και όσο περνούσαν οι μέρες, τόσο το σπιτάκι πάλιωνε και ερείπωνε και τόσο ο κήπος θέριευε … Και η νύμφη χόρευε στον κήπο και γελούσε με τα πουλιά κι έκλαιγε για τον Πήγασο και για τον άνθρωπο… Και κανείς δεν την ενοχλούσε πια…

Έτσι, πέρασαν τριακόσια ολόκληρα χρόνια…

Κι ένα πρωί, ένα μικρό αγόρι που έπαιζε μόνο του στα χωράφια, είδε στην άκρη του δάσους κάτι που έμοιαζε με ένα καστανόγκριζο κουβάρι, να κουνιέται. Πλησίασε πιο κοντά και είδε πως το κουβάρι ήταν ένα λαβωμένο γεράκι, που πάσχιζε τρομαγμένο να κρυφτεί από τους κυνηγούς που το είχαν χτυπήσει στα φτερά και τώρα το πλησίαζαν.

Χωρίς να το πολυσκεφτεί το αγόρι, πλησίασε το τρομαγμένο πλάσμα κι αφού έβγαλε το πουκάμισο που φορούσε, το πέταξε πάνω του και το σκέπασε. Με απαλές κινήσεις, πήρε το γεράκι σκεπασμένο στην αγκαλιά του και του ψιθύρισε:

- Μη φοβάσαι… Τώρα είσαι ασφαλής.

Το πτηνό, σα να καταλάβαινε τα λόγια του παιδιού, ηρέμισε και δεν προσπάθησε καθόλου να αντισταθεί.

Οι κυνηγοί, πέρασαν μπροστά από τον μικρό και τον ρώτησαν βιαστικά αν είχε δει το γεράκι. Εκείνος, χαμήλωσε το βλέμμα, γιατί δεν του άρεσε να λέει ψέματα και έγνεψε αρνητικά.

Μόλις οι κυνηγοί απομακρύνθηκαν, το αγόρι ξεσκέπασε το γεράκι και το κοίταξε. Τα φτερά του ήταν πάρα πολύ χτυπημένα… Πιθανώς να μην μπορούσε να πετάξει ποτέ ξανά…

- Μη φοβάσαι, επανέλαβε το αγόρι, θα κάνω ότι μπορώ για να σε κάνω πάλι καλά…

Και μ' αυτά τα λόγια κίνησε το χορταριασμένο μονοπάτι για το χωριό του.

Την ώρα που περνούσε από το ερειπωμένο σπιτάκι, το γεράκι τινάχτηκε στην αγκαλιά του. Τότε ο μικρός άκουσε και τον ήχο τρεχούμενου νερού.

- Διψάς; Το ρώτησε

Και χωρίς να φοβηθεί, παρά τις ιστορίες που είχε ακούσει για το σπιτάκι αυτό στο χωριό του, πλησίασε στην πόρτα της αυλής του, την φραγμένη από αγκαθωτά κλαδιά, γεμάτα λουλούδια. Χωρίς να την αγγίξει, είδε τα κλαδιά να υποχωρούν και την πόρτα να ανοίγει .

Το μικρό αγόρι, για λόγους που δεν μπόρεσε ποτέ μετά να καταλάβει, δεν δίστασε καθόλου! Μπήκε μέσα στον κήπο με αργά και σταθερά βήματα. Κι εκεί, στην μέση του ολάνθιστου κήπου, είδε μια πηγή και μπροστά της, εμφανίστηκε σαν από το πουθενά μια όμορφη κοπέλα με μακριά, ολόλευκα μαλλιά.

- Τι γυρεύεις εδώ; Τον ρώτησε με μάτια που άστραφταν
- Ήθελα λίγο νερό γι' αυτό το πλασματάκι, απάντησε εκείνο κοιτώντας την με βλέμμα αγνό και χωρίς να φοβηθεί.
- Το' χουν χτυπήσει άσχημα και, δεν ξέρω γιατί, όμως νιώθω πως διψάει και πονάει και ήθελε να έρθουμε εδώ...

Η κοπέλα αρχικά κοντοστάθηκε σαστισμένη, όμως μετά παραμέρισε, ανοίγοντας στο αγόρι το δρόμο για την πηγή...

Εκείνο, πλησίασε και σαν να γνώριζε τι πρέπει να κάνει, αφού ξεσκέπασε τελείως το γεράκι από το πουκάμισο του, το κράτησε κάτω από το τρεχούμενο νερό, λούζοντας το σ' ολόκληρο το σώμα του. Έπειτα, το απόθεσε απαλά στο χώμα.

Μέσα σε λίγα λεπτά, το μικρό πτηνό τίναξε με δύναμη τα γιατρεμένα φτερά του και υψώθηκε στον ουρανό. Πέταξε για λίγο σε κύκλους πάνω από το κεφάλι του μικρού σαν να τον ευχαριστούσε και ύστερα απομακρύνθηκε βιαστικά.

Το αγόρι, ευχαρίστησε την παράξενη κοπέλα με πρόσωπο που έλαμπε από χαρά και κίνησε να φύγει. Μα δεν πρόλαβε να κάνει ούτε δύο βήματα. Ένας εκκωφαντικός θόρυβος ακούστηκε και η γη σείστηκε κάτω από τα πόδια του. Ασυναίσθητα, έστρεψε το βλέμμα του στην πηγή. Είδε το νερό της, αντί να αναβλύζει προς τα έξω, να κυλάει ανάποδα, προς τα μέσα. Και το μικρό άνοιγμα απ' όπου κάποτε ανάβλυζε να έχει τώρα μετατραπεί σε κάποιου είδους σήραγγα.

Το αγόρι ένιωσε τα δάχτυλα της κοπέλας να γλιστρούν μέσα στη χούφτα του.
- Έλα, του είπε απαλά και τον τράβηξε πίσω της, μπαίνοντας μέσα στη σήραγγα.

Περπάτησαν για αρκετή ώρα, πιασμένοι χέρι- χέρι, εκεί μέσα, στο απόλυτο σκοτάδι. Όμως ο μικρός, για κάποιον λόγο, δε φοβήθηκε καθόλου.

Κάποια στιγμή, το σκοτάδι διαλύθηκε, και βρέθηκαν να στέκονται στο κέντρο μιας σπηλιάς, γεμάτης σταλακτίτες και σταλαγμίτες που άστραφταν με χιλιάδες χρώματα. Το αγόρι έψαξε να βρει από πού προερχόταν το φώς που προκαλούσε αυτό το φαινόμενο, μα δεν μπόρεσε. Και η κοπέλα, σα να κατάλαβε την απορία του, γέλασε δυνατά.

- Εσύ είσαι! Του είπε κοιτώντας τον τρυφερά κι άπλωσε το χέρι της δείχνοντας του το δρόμο που έπρεπε να διαβεί.

Περπάτησαν μερικά μέτρα ανάμεσα από τους σταλακτίτες και έφτασαν μπροστά σε μια αλλόκοτη πέτρινη πύλη. Η πύλη έμοιαζε ανοιχτή, μα το μόνο που μπορούσε να δει εκεί μέσα ήταν κάτι σαν μαύρη πυκνή ομίχλη, που στροβιλίζονταν ακανόνιστα.

Το αγόρι , έγειρε το κεφαλάκι του στο πλάι, στην προσπάθεια να δει πιο καθαρά και τότε μόνον, πρόσεξε το μαρμάρινο άγαλμα που στεκόταν δίπλα του. Ήταν ένα φτερωτό άλογο!

Τα μάτια του παιδιού, πλανήθηκαν με θαυμασμό πάνω στις όμορφες λεπτομέρειες του αγάλματος, μα σταμάτησαν απότομα όταν έφτασαν στο κεφάλι του. Η έκφραση στο πρόσωπο του αλόγου του έφερε έναν κόμπο στο λαιμό και μια ακατανίκητη επιθυμία να το αγκαλιάσει. Τόσος πόνος... Τόσος φόβος... Τόση θλίψη...

Το αγόρι, πλησίασε το άγαλμα, αγκάλιασε τα πόδια του και ακούμπησε το κεφάλι στο σκληρό και παγωμένο στήθος. Ένα δάκρυ κύλισε από τα μάτια του και χαράζοντας ένα αυλάκι στο μάγουλο του έπεσε πάνω στην πετρωμένη οπλή του Πήγασου. Στο σημείο που έπεσε, γεννήθηκε ένα μικρό γαλάζιο φωτάκι. Μέσα σε λίγα δευτερόλεπτα το φωτάκι έγινε δεσμίδα φωτός και κύκλωσε με ταχύτητα το παιδί και το μαρμαρωμένο άλογο.

Η οπλή του Πήγασου ράγισε, και η ραγισματιά ολοένα και μεγάλωνε ... Και χάραξε το πόδι του και το στήθος του και το λαιμό του και το όμορφο κεφάλι του. Και προχώρησε στη χαίτη του, στην πλάτη του και στα φτερά του. Και με το θόρυβο που κάνουν εκατό τζάμια που σπάζουν με μιας, το μάρμαρο που τον περιέβαλλε θρυμματίστηκε κι ο Πήγασος, κατάλευκος και όμορφος, με σάρκα και οστά, περιβαλλόμενος από μια μαγευτική γαλάζια αύρα, ύψωσε το σώμα του στηριζόμενος στα πίσω του πόδια και χλιμίντρησε άγρια, τινάζοντας τα υπέροχα φτερά του!

- Σ' ευχαριστώ Άνθρωπε, είπε στο κατάπληκτο αγόρι σε μια γλώσσα που, αν και την άκουγε για πρώτη φορά, το παιδί την κατανοούσε πλήρως.

Ο Πήγασος, έτριψε απαλά τη μουσούδα του στο στέρνο του παιδιού και συνέχισε.

- Υπάρχει ελπίδα τελικά! Μείνε πάντα έτσι... Και πες και στους Άλλους... Γιατί μόνο αυτοί μπορούν να γεφυρώσουν τους κόσμους μας... Εγώ πρέπει να φύγω τώρα...

Μ᾽ αυτά τα λόγια το άλογο στράφηκε προς την πύλη. Κοντοστάθηκε στο άνοιγμα και ύστερα, με αργές κινήσεις, έβαλε το κεφάλι και τα μπροστινά του πόδια μέσα στη μαύρη ομίχλη. Μα η γαλάζια λάμψη που τον ακολουθούσε, διαχύθηκε και διέλυσε το σκοτάδι που βασίλευε στη διάσταση της Λήθης. Και το μικρό αγόρι και η κοπέλα, μπόρεσαν να δουν έναν γαλάζιο ουρανό να γεννιέται μέσα από την πύλη, καθώς ο Πήγασος απομακρυνόταν...

Η κοπέλα, που δεν ήταν άλλη από τη νύμφη Πηγίρις, αφού διηγήθηκε στο παιδί την ιστορία της πύλης και του Πήγασου, επέστρεψε στο μικρό σπιτάκι και το αγόρι, γύρισε σπίτι του και δεν την ξανάδε ποτέ...

Ο παππούς μου έζησε μέχρι τα βαθιά του γεράματα και είπε την ιστορία σε εκατοντάδες παιδιά. Και κάθε φορά που την διηγούταν, τα πουλιά σιωπούσαν τριγύρω κι ένα αχνό, γαλάζιο φως έλουζε το κεφάλι και τους ώμους του. Κάποια από τα παιδιά που την άκουγαν, όταν έφευγαν έπαιρναν μαζί τους λίγη από τη γαλάζια λάμψη...

Ο Νότης, το μικρό ρομπότ

Αμαλία Πικρίδου Λούκα

Η χώρα των παιχνιδιών ήταν πραγματικά πανέμορφη.

Ήταν απλωμένη σε ένα καταπράσινο λόφο, με τα χαριτωμένα κουκλό-σπιτα της να αντανακλούν τις αχτίνες του ήλιου γεμίζοντας τον ουρανό της με ζωηρά χρώματα.

Οι κουκλίτσες άλλες ξανθιές άλλες μελαχρινές μπαινόβγαιναν χαρούμε-νες σ' αυτά και έπαιζαν μεταξύ τους. Λίγο πιο κάτω εκατοντάδες αυτοκινη-τάκια άλλα μεγάλα άλλα μικρά, κίτρινα, κόκκινα, μπλε, άσπρα, κυνηγούσαν το ένα τ' άλλο κορνάροντας. Το τρενάκι γύριζε γύρω - γύρω από την πόλη αφήνοντας ένα άσπρο σύννεφο καπνού και ξεφυσώντας με τον χαρακτη-ριστικό του τρόπο....τουτ ... τουτ... τουτ....τουτ, που ακουγόταν ρυθμικά κα-θώς περνούσε πολύ κοντά στα κουκλόσπιτα.

Οι κουκλίτσες το χαιρετούσαν και αυτό ευχαριστιότανε και έτρεχε ακόμα περισσότερο. Τα στρατιωτάκια περπατούσαν με βήμα στα δρομάκια της πόλης.

Λίγο πιο πέρα, εκεί που τέλειωνε η γειτονιά με τα κουκλόσπιτα, άρχιζε η ηλεκτρονική γειτονιά.

Εκεί τα παιχνίδια ήταν όλα ηλεκτρονικά. Παράξενοι αλλά ευχάριστοι ήχοι ακούγονταν παντού. Πολύχρωμα φωτάκια αναβόσβηναν από όλες τις μεριές. Οι ηλεκτρονικοί υπολογιστές μιλούσαν μεταξύ τους, μεγάλα αυτοκίνητα έτρεχαν με ταχύτητα, κάνοντας επικίνδυνους ελιγμούς και εκατοντάδες ρομπότ κυκλοφορούσαν στα δρομάκια μιλώντας και τραγουδώντας. Μέσα σε όλη αυτή τη ζωντάνια και τη χαρά ζούσε και ένα μικρό ρομπότ. Το λέγανε Νότη γιατί του άρεσε πολύ να τραγουδά. Ακόμα και όταν μιλούσε η φωνούλα του έβγαινε όμορφη και μελωδική.

Ο Νότης τον τελευταίο καιρό όμως ήταν λιγομίλητος. Περνούσε την ώρα του παρακολουθώντας στις οθόνες των ηλεκτρονικών υπολογιστών σκηνές από την ζωή των ανθρώπων και πολύ περισσότερο των παιδιών.

Αχ! Πόσο θα ήθελε να βρισκόταν κοντά τους. Τα αγαπούσε πολύ τα παιδάκια και ήτανε κρυφό του όνειρο κάποια μέρα να παίξει κι' αυτός μαζί τους. Ονειρευόταν ότι παίζοντας μαζί με ένα παιδάκι τότε θα γινόταν και αυτός ένα πραγματικό παιδάκι.

Οι μέρες περνούσαν και ο Νότης πηγαινοερχόταν σκεφτικός αναστενάζοντας.

-Μπιιιμπ τι σου συμβαίνει Νότη; Τον ρώτησε ο γείτονας του.

-Τίποτα ,τίποτα, απάντησε ο Νότης.

Φοβότανε να πει το όνειρο του μήπως και τον κορόιδευαν.

-Μπιιιμπ, μα εσύ από ένα χαρούμενο ρομπότ έχεις γίνει ένα θλιμμένο ρομπότ, του είπε πάλι.

-Ωωω τίποτα δεν έχω, του απάντησε εκνευρισμένος ο Νότης και βιάστηκε να φύγει.

Εκείνο το βράδυ καθότανε και θαύμαζε τον ουρανό που ήταν γεμάτος με μικρά - μικρά αστεράκια που λαμπύριζαν σαν ένα τεράστιο σμήνος από πυγολαμπίδες.

-Λες αν ζητήσω κάτι από τα αστεράκια να μου το δώσουν; Δεν χάνω και τίποτα. Ας κάνω μια ευχή, είπε και ένωσε τα ατσάλινα χεράκια του για να προσευχηθεί.

-Σας παρακαλώ αστεράκια. Βοηθήστε με να γίνω φίλος με ένα παιδάκι.

Ευθύς το δωμάτιο του γέμισε με ένα δυνατό άσπρο φως. Ο Νότης κοίταζε σαστισμένος. Μέσα από το φως ξεπρόβαλε μια πανέμορφη νεράιδα... του χαμογελούσε με καλοσύνη.

-Γεια σου Νότη, του είπε.

-Γεια σας κυ..κυρία, είπε ο Νότης τραυλίζοντας.

-Άκουσα την ευχή σου και ήρθα κοντά σου. Είμαι η καλή νεράιδα των παιχνιδιών, του είπε.

Τα ματάκια του Νότη είχαν γίνει πολύ μεγάλα και φωτεινά από την έκπληξη.

-Η καλή νεράιδα! Αναφώνησε με χαρά.

Είχε ακούσει γι' αυτήν την νεράιδα. Τα παιχνίδια έλεγαν ότι αυτή τα προστάτευε.

Έλεγαν ακόμα ότι αν κάποιο παιχνίδι επιθυμούσε κάτι πάρα πολύ και έκανε την ευχή του από τα βάθη της ηλεκτρονικής του καρδιάς τότε η καλή νεράιδα έσπευδε να πραγματοποιήσει την επιθυμία του. Και ο Νότης πραγματικά έκανε την ευχή του με όλο του το είναι.

-Λοιπόν Νότη, ευχήθηκες να βρεθείς κοντά σε ένα παιδάκι. Ακόμα γνωρίζω ότι θα ήθελες και εσύ να ήσουν ένα κανονικό παιδί. Θα σου πραγματοποιήσω την πρώτη σου ευχή......όσο για την δεύτερη ο χρόνος θα δείξει, του είπε και άπλωσε το μαγικό της ραβδί. Ένα πέπλο από γαλάζια και κίτρινα αστέρια τύλιξε τον Νότη. Έκλεισε τα ματάκια του από την τρομάρα του, αλλά όταν τα ξανάνοιξε και κοίταξε γύρω του ανακάλυψε ότι βρισκόταν στο δωμάτιο ενός παιδιού.

Γύρω υπήρχαν σκορπισμένα πολλά παιχνίδια που κοίταζαν παραξενεμένα τον Νότη. Τον κύκλωσαν και άρχισαν να τον ρωτούν δεκάδες ερωτήσεις.

Ο Νότης δεν προλάβαινε να τις απαντήσει.

-Τι πάθατε καλέ; Τους ρώτησε αφήστε να πάρω μια ανάσα. Ούτε ένα 'καλωσόρισες δεν άκουσα.

-Καλωσόρισες! Άκουσε μια γλυκιά φωνή να του λέει.

Ένα ρομπότ ίδιο με αυτόν ξεπρόβαλε πίσω από μια ομάδα από αρκουδάκια.

-Με λένε Λιλή, του είπε το όμορφο κορίτσι-ρομπότ. Εσένα πως σε λένε;

-Νότη, της απάντησε καθώς τα φωτάκια του αναβόσβηναν χαρούμενα.

Τα δυο μικρά ρομπότ κύλησαν μαζί μέχρι τη γωνιά του δωματίου όπου βρισκόταν στημένη μια παιδική στρατιωτική σκηνή και μπήκαν μέσα.

Ήθελαν να γνωριστούν μεταξύ τους χωρίς να τους ενοχλούν τα άλλα παιχνίδια.

-Λοιπόν είπε η Λιλή πως βρέθηκες εδώ; Από που έρχεσαι;

-Με έφερε εδώ η καλή νεράιδα των παιχνιδιών γιατί ήθελα να γίνω φίλος με ένα παιδάκι. Ζούσα στη χώρα των παιχνιδιών αλλά βαριόμουνα εκεί γιατί κάθε μέρα ήταν η ίδια με την προηγούμενη.

Η Λιλή χαμογέλασε θλιμμένα.

-Δεν νομίζω να ήταν και τόσο καλή αυτή η νεράιδα.

-Μη μιλάς έτσι γι' αυτή. Είναι ο καλός μας άγγελος, ο προστάτης μας.

-Και όμως ξαναείπε η Λίλη. Ένας καλός άγγελος θα έδινε κάτι καλό ενώ τώρα...

-Τι εννοείς; Τη ρώτησε ο Νότης.

-Αχ καλέ μου Νότη! Σ' αυτό το σπίτι ζει ένα πολύ κακομαθημένο και κακό παιδί. Δεν το αντέχει κανείς. Ακόμα και με μας, τα παιχνίδια του, είναι κακός. Όλο μας κλωτσάει και μας βασανίζει. Χτες κατέστρεψε εντελώς ένα πανέμορφο αυτοκινητάκι. Τσίριζε το καημένο στα χέρια του μέχρι που το διέλυσε εντελώς. Ποιος ξέρει ποιος από εμάς θα πάρει σειρά αύριο.

Ο Νότης φοβήθηκε. Πως ήταν δυνατόν η καλή νεράιδα να τον είχε στείλει κοντά σε τέτοιο κακό παιδί;

-Αχ τι με περιμένει! Κλαψούρισε.

-Μη φοβάσαι Νότη. Θα είμαστε πάντα μαζί σου είπε η Λίλη προσπαθώντας να τον παρηγορήσει.

Τα δυο ρομπότ μιλούσαν για αρκετές ώρες μέχρι που τα πήρε ο ύπνος.

Το άλλο πρωί ξύπνησαν από τις φωνές και τους καβγάδες στο σπίτι.

Ο Γιωργάκης, έτσι έλεγαν το αγόρι, είχε κάνει το θαύμα του πάλι. Είχε σπάσει ένα πιάτο από αυτά που χρησιμοποιούσε η μαμά του για το πρωινό και την είχε κάνει έξαλλη.

-Πήγαινε στο δωμάτιο σου Γιωργάκη πριν σε πιάσω στα χέρια μου, του φώναζε νευριασμένη.

Η πόρτα άνοιξε και τα παιχνίδια μαζεύτηκαν με φόβο σε μια γωνιά.

-Καλημέρα παιχνιδάκια, είπε ο Γιωργάκης με ένα όχι και τόσο αθώο χαμόγελο να διαγράφεται στα χείλη του.

-Αλίμονο μας, ψιθύρισαν τα παιχνίδια.

Ο Γιωργάκης προχώρησε γοργά και πήρε στα χέρια του ένα στρατιωτάκι.

-Αντίο άκαρδε κόσμε, τσίριξε το καημένο το στρατιωτάκι.

Εκεί που ο Γιωργάκης ετοιμαζόταν να το διαλύσει, η ματιά του έπεσε στο Νότη.

-Μπα από που μας ήρθες εσύ; Ρώτησε με απορία. Για έλα εδώ να δούμε...είπε.

-Δυστυχία μου! Αναφώνησε ο Νότης.

Ο Γιωργάκης πήρε στα χέρια του το μικρό ρομπότ και άρχισε να το περιεργάζεται. Αφού πάτησε όλα τα κουμπιά και είδε τι μπορούσε να κάνει είπε ενθουσιασμένος.

-Εσύ θα είσαι ο φίλος μου. Θα σε βάλω δίπλα από το κρεβάτι μου για να μιλούμε.

Κοίταξε τα άλλα παιχνίδια και η ματιά του έπεσε στη Λίλη.

-Α! θα φέρω και τη Λίλη μαζί μας για να σου κάνει παρέα, του είπε σκύβοντας και παίρνοντας και τη Λίλη στα χέρια του.

Τα φωτάκια και των δυο ρομπότ αναβόσβηναν συνεχώς. Η ηλεκτρονική τους καρδούλα πήγαινε να σπάσει από τον φόβο της.

Ο Γιωργάκης τα έβαλε δίπλα από το κρεβάτι του και τους μιλούσε όλη νύχτα μέχρι που κοιμήθηκε.

-Ίσως να μην είναι και τόσο κακό παιδί, είπε ο Νότης στη Λίλη.

-Δεν ξέρω...μέχρι τώρα μόνο ζημιές έκανε στο σπίτι και συνεχώς βασάνιζε τα παιχνίδια του. Τι να πω;

Το άλλο πρωί ο Γιωργάκης ξύπνησε ευδιάθετος.

-Καλημέρα φίλοι μου! Είπε στα ρομπότ και τα χάιδεψε στα κεφαλάκια τους.

Τα ρομπότ άναψαν τα φωτάκια τους.

-Καλημέρα! Του είπαν σχεδόν ταυτόχρονα.

Ο Γιωργάκης επέστρεψε από το σχολείο και τρέχοντας πήγε στο δωμάτιο του. Κάθισε στο κρεβάτι και άρχισε και πάλι να μιλάει στο Νότη και τη Λίλη. Τους έλεγε πως πέρασε στο σχολείο, τι τους είπε η δασκάλα, τους διάβασε ακόμα και το μάθημα της μέρας.

Σιγά - σιγά ο Γιωργάκης είχε μεταμορφωθεί σε ένα άλλο παιδί καλό, ευγενικό, σοβαρό... Ακόμα και οι γονείς του απορούσαν με αυτή την αλλαγή του.

-Τι να συνέβηκε στον Γιωργάκη που τον έκανε να αλλάξει τόσο; Αναρωτιόντουσαν.

Ο Νότης και η Λίλη ήταν πολύ ευτυχισμένοι. Είχαν καταφέρει να κάνουν τον Γιωργάκη ένα υπόδειγμα μαθητή και παιδιού.

-Λίγη παρέα ήθελε Λίλη και κάποιους να μιλάει και να τον ακούνε. Δεν ήτανε κακό παιδί....ένιωθε μοναξιά, έλεγε ο Νότης και τα φωτάκια του αναβόσβηναν χαρούμενα.

Εκείνη τη μέρα το κουδούνι της εισόδου κτύπησε δειλά. Η μητέρα του Γιωργάκη πήγε να ανοίξει. Άκουσαν συνομιλίες και κλάματα.

-Τι να συμβαίνει άραγε; Μονολόγησε ο Γιωργάκης και παίρνοντας τον Νότη και τη Λίλη αγκαλιά βγήκε στον διάδρομο έξω από το δωμάτιο του. Από κει οι ομιλίες ακούγονταν καθαρά.

Μια κυρία καθότανε στο σαλόνι και έκλαιγε. Ήταν φανερό ότι η μητέρα του Γιωργάκη ήταν η καλύτερη της φίλη.

-Δεν θα μπορέσω πότε να κάνω παιδιά Μαρία μου... έλεγε και ξανάλεγε στη μητέρα του Γιωργάκη. Νιώθω τόσο δυστυχισμένη. Δεν μπορούσε να κρατήσει τα δάκρυα και τους λυγμούς της.

Ο Γιωργάκης άκουγε και κοίταζε αμίλητος.

Τα μάτια του ήταν καρφωμένα στο πρόσωπο εκείνης της κυρίας που την γνώριζε πολύ καλά αφού ήταν φίλη της μαμάς του.

-Πρέπει να πονάει πολύ, ψιθύρισε...

Κοίταξε τους δυο του φίλους τρυφερά.

-Σκέφτηκα κάτι! τους είπε.

Τα δυο ρομπότ τον κοίταξαν ερωτηματικά.

-Τι λέτε αν σας έδινα δώρο σε αυτή την κυρία; Θα την κάνετε ευτυχισμένη όπως με έχετε κάνει και εμένα.

Τα δυο ρομπότ συγκινήθηκαν από τα λόγια του Γιωργάκη.

Τα φωτάκια τους αναβόσβηναν χαρούμενα.

Ο Γιωργάκης προχώρησε προς το σαλόνι. Οι δυο γυναίκες τον κοίταξαν ξαφνιασμένες. Άπλωσε τα χεράκια του και έδωσε τα ρομπότ στη φίλη της μητέρας του.

-Πάρτε αυτά θα σας κάνουν ευτυχισμένη, της είπε τρυφερά.

-Μα είναι τα παιχνίδια σου.......οι φίλοι σου Γιωργάκη...του είπε.

-Δεν πειράζει εγώ σας τα χαρίζω, σας τα κάνω δώρο. Πάρτε τα σας παρακαλώ.

Η κυρία τα αγκάλιασε σχεδόν σαν να ήταν παιδιά της και έμεινε να κοιτάζει τρυφερά τον Γιωργάκη που απομακρυνόταν.

-Σ' ευχαριστώ Γιωργάκη, του είπε.

Τα πήρε μαζί της στο σπίτι της και τότε με χαρά αντιλήφθηκε ότι τα ρομπότ απαντούσαν στις ερωτήσεις της. Οι μέρες περνούσαν... η κυρία που την έλεγαν Αθηνά μέρα με την μέρα δενόταν όλο και πιο πολύ μαζί τους και μέρα με την μέρα φαινόταν να αισθάνεται καλύτερα.

-Αχ και να ήσασταν πραγματικά παιδιά ...τα παιδιά μου! Είπε αναστενάζοντας βαθιά.

Η επιθυμία της ήταν τόσο μεγάλη που άγγιζε ψηλά τον ουρανό και η καλή νεράιδα των παιχνιδιών εμφανίστηκε μπροστά τους.

Η κυρία Αθηνά ξαφνιάστηκε

-Μη φοβάσαι, της είπε ο Νότης, είναι η καλή νεράιδα των παιχνιδιών.

Η νεράιδα χαμογέλασε.

-Ήσουν πολύ καλός Νότη και η επιθυμία σου ήταν πάντα να γίνεις ένα πραγματικό παιδί. Η κυρία Αθηνά ευχήθηκε να είναι η μαμά σου. Εγώ είμαι εδώ για να εκπληρώσω αυτές τις τόσο δυνατές σας επιθυμίες.

Η νεράιδα άγγιξε με το μαγικό της ραβδί απαλά πρώτα το κεφαλάκι του Νότη και μετά της Λίλης.

-Από αυτή τη στιγμή θα γίνετε δυο αξιαγάπητα παιδάκια, είπε και εξαφανίστηκε.

Ευθύς τα δυο ρομπότ χάθηκαν και στη θέση τους εμφανίστηκαν δυο όμορφα παιδάκια. Ο Νότης και η Λίλη ήταν πια ζωντανοί. Δεν ήταν πια από σίδερο, κυκλώματα και λαμπάκια αλλά από σάρκα και οστά.

Η κυρία Αθηνά μετά από την πρώτη της έκπληξη έτρεξε χαρούμενη και αγκάλιασε σφιχτά τα δυο παιδάκια.

-Μαμά, μαμά, την φώναζαν και οι δυο και δάκρυα χαράς έτρεχαν από τα μάγουλα της.

Η κυρία Αθηνά πήρε και τους δυο και πήγαν γρήγορα- γρήγορα στο σπίτι του Γιωργάκη. Εκεί τους εξιστόρησε τα πάντα. Ο Γιωργάκης ήταν τρισευτυχισμένος με ότι είχε συμβεί.

Έγιναν πολύ καλοί φίλοι μεταξύ τους και έπαιζαν κάθε μέρα μαζί.

Έτσι, ο Νότης και η Λίλη έγιναν τα πιο καλά παιδιά και τα πιο αγαπημένα αδέλφια που είχαν δει ποτέ σε κείνη την πόλη.

Η Γοβίτσα κι ο κύριος Μπότας

Συγγραφέας: Ιωάννα Σκάλκου

Μια φορά κι ένα καιρό ήταν μια μικρή ροζ γοβίτσα. Είχε ένα φιογκάκι στο κεφάλι της και μακριές βλεφαρίδες. Είχε όμως κάτι που την έκανε να ξεχωρίζει από τα άλλα παπουτσάκια. Μόλις άκουγε μουσική ζάρωνε τη μυτούλα της κι άρχιζε να χορεύει. Στροβιλιζόταν με χάρη ανάμεσα στα άλλα παπούτσια που την κοίταγαν περίεργα.

Η γοβίτσα έμενε με τη μητέρα της και τις αδερφές της σε ένα μεγάλο παπουτσάδικο μαζί με άλλα παπούτσια. Η γοβίτσα δεν είχε κανέναν να χορεύει μαζί της. Τα άλλα παπούτσια την κορόιδευαν, αλλά όσο κι αν προσπαθούσε να συγκρατηθεί να μη χορέψει, ήταν αδύνατο! Η μουσική την πλημμύριζε και δεν μπορούσε να αντισταθεί. Αλλά στεναχωριόταν που όλα τα άλλα παπουτσάκια την πείραζαν συνέχεια και της έβγαζαν τη γλώσσα κοροϊδευτικά. Πήγαινε σε μια γωνίτσα κι έκλαιγε. Δεν καταλάβαινε τι κακό τους έκανε με το να χορεύει!

Η μητέρα της την έπαιρνε αγκαλιά και της έλεγε να μην κλαίει. Κάποια μέρα θα βρει κάποιον που δε θα την κοροϊδεύει και θα θέλει να την κάνει παρέα για αυτό που είναι.

«Μα, μαμάκα, τι κακό τους κάνω;», ρώταγε με απορία η γοβίτσα.

«Τίποτα, μικρή μου, απλά είσαι διαφορετική από αυτούς.» της έλεγε γλυκά η μητέρα της.

«Κι είναι κακό να είσαι διαφορετικός;», ρώταγε και σκούπιζε τα δάκρυά της.

«Δεν είναι, απλά μερικές φορές, δεν ξέρουν πώς να αντιδράσουν. Δε σε κοροϊδεύουν γιατί κάνεις εσύ κάτι κακό, απλά φοβούνται.» της εξηγούσε με ήρεμη φωνή. Τότε η γοβίτσα μπερδευόταν «μα γιατί με φοβούνται;» έλεγε και σούφρωνε τα χειλάκια της.

«Δε φοβούνται εσένα, γλυκιά μου. Φοβούνται να είναι κι αυτοί διαφορετικοί. Κι επειδή δεν μπορούν να είναι κι εκείνοι σαν κι εσένα σε κοροϊδεύουν για να νομίζεις ότι κάνεις κάτι κακό. Μην τους αφήνεις, καλό μου, να σε κάνουν να νιώθεις έτσι. Να είσαι περήφανη για τον εαυτό σου.» της έλεγε και την έπαιρνε αγκαλίτσα.

«Εσύ είσαι περήφανη για μένα, μαμάκα;»

«Πάντα θα είμαι, γοβίτσα! Άντε πήγαινε να παίξεις με τις αδερφές σου.»

Η γοβίτσα σκούπισε τη μυτούλα της και προσπαθούσε να καταλάβει όλα όσα της έλεγε η μητέρα της.

Μια μέρα που έπαιζε με άλλα γοβάκια παρατήρησε μια μαύρη μυτούλα να ξεπροβάλλει πίσω από κάτι κουτιά. Απομακρύνθηκε λίγο κι είδε μια μαύρη μπότα να τις παρατηρεί από μακριά. Η μπότα τρόμαξε όταν την είδε και κρύφτηκε.

«Δε θα σε πειράξω.» αποκρίθηκε η γοβίτσα.

«Είμαι η γοβίτσα, εσένα πώς σε λένε;», ρώτησε και πλησίασε κι άλλο την ψηλή μπότα.

«Είμαι ο κύριος Μπότας.» είπε με βαριά φωνή και χαμογέλασε αμήχανε.

«Έχεις περίεργη φωνή! Θες να γίνουμε φίλοι;» τον ρώτησε η γοβίτσα.

«Όλοι στην οικογένειά μου έχουμε βαριά φωνή και για αυτό μας κοροϊδεύουν τα άλλα παπούτσια.» είπε λυπημένα ο κύριος Μπότας.

«Εμένα με κοροϊδεύουν επειδή μου αρέσει να χορεύω κι όχι για τη λεπτή μου φωνούλα.» αποκρίθηκε η γοβίτσα.

«Έλα να παίξουμε με τις άλλες γοβίτσες. Θα σου γνωρίσω τις φίλες μου.» και του έδειξε πού έπαιζαν τα άλλα παπουτσάκια.

«Θα με συμπαθήσουν;», ρώτησε με δυσπιστία ο κύριος Μπότας.

«Μα γιατί να μη σε συμπαθήσουν; Δε σε ξέρουν ακόμα, αλλά θα σε μάθουν!», του είπε και του έκλεισε το μάτι.

Προχώρησαν προς το μέρος των άλλων παπουτσιών να πάνε να παίξουν μαζί τους. Τα άλλα παπούτσια σταμάτησαν να παίζουν κι άρχισαν να τους κοιτάζουν περίεργα και να ψιθυρίζουν μεταξύ τους.

«Ποιος είναι αυτός;» ρώτησε η μεγαλύτερη της παρέας.

«Ένας φίλος μου, ο κύριος Μπότας.» είπε η γοβίτσα και χαμογέλασε.

«Ένας φίλος σου;» είπε κι άρχισε να γελάει μαζί με τα άλλα γοβάκια.

«Κοίτα πώς είναι! Τόσο μαύρος!» είπε ένα άλλο γοβάκι, δείχνοντας τον κύριο Μπότα.

Τα γοβάκια άρχισαν να τον δείχνουν και να γελάνε μαζί του. Ο κύριος Μπότας κατέβασε τα μάτια του και γύρισε να φύγει στεναχωρημένος. Η γοβίτσα θύμωσε με τη συμπεριφορά των άλλων.

«Γιατί τον κοροϊδεύετε; Τι σας έκανε; Δε σας πείραξε!», φώναξε η γοβίτσα στις άλλες.

«Μα είναι μαύρος!», απάντησε μια μπλε γόβα.

«Και έχει και πολύ ψηλό λαιμό!», φώναξε μια κίτρινη γοβίτσα με άσπρο φιογκάκι.

«Ε, και; Δε σας έχει πειράξει όμως! Απλά είναι…διαφορετικός!» είπε η γοβίτσα και αμέσως συνειδητοποίησε αυτά που της έλεγε η μητέρα της. Είδε τις φίλες της να κάνουν τα ίδια που έκαναν και σε κείνη. Κορόιδευαν κάποιον άλλον, μόνο και μόνο επειδή ήταν διαφορετικός!

Έτρεξε πίσω από τον κύριο Μπότα που είχε απομακρυνθεί και τον σταμάτησε να του μιλήσει.

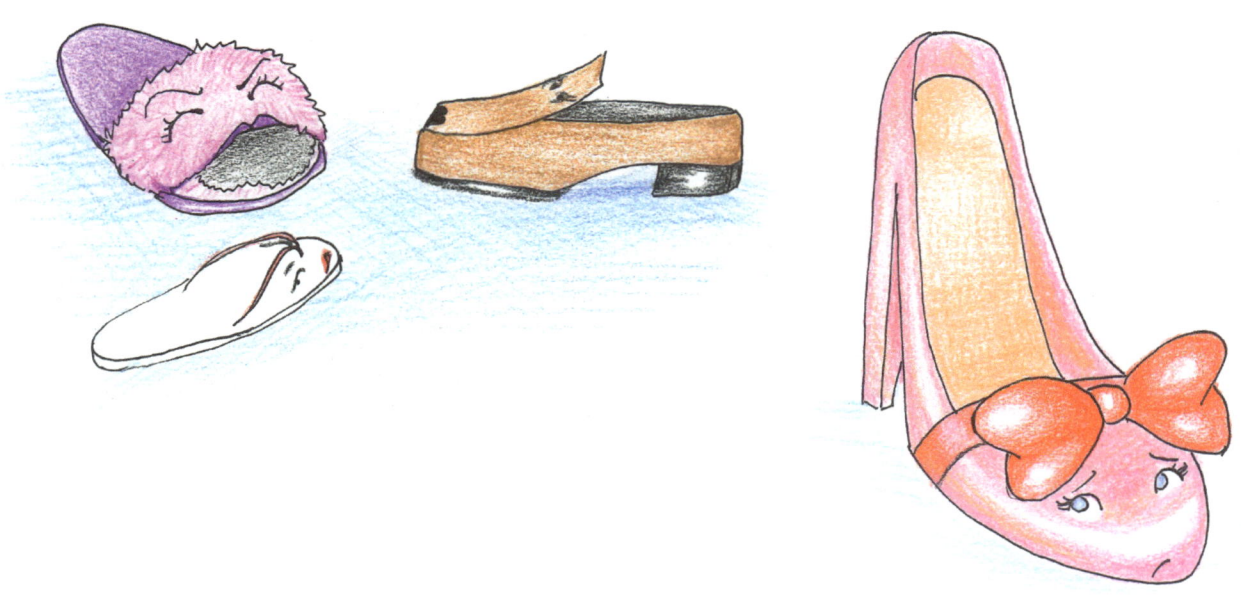

«Μη στεναχωριέσαι. Δε θα έπρεπε να τους δίνεις σημασία. Ούτε να τους αφήνεις να σε κάνουν να νιώθεις έτσι!» φώναξε η γοβίτσα και χαμογέλασε στο καινούριο της φίλο.

«Κανένας δε με έχει υπερασπιστεί.» της απάντησε ο κύριος Μπότας.

«Δεν είσαι σαν τις άλλες γόβες που με κοροϊδεύουν. Είσαι διαφορετική. Είσαι καλή κι αληθινή φίλη.» της είπε και της χαμογέλασε κι εκείνος.

Η γοβίτσα ένιωσε να πετά από τη χαρά της. Για πρώτη φορά κατάλαβε ότι το να είσαι διαφορετικός δεν είναι κακό. Πρώτη φορά κάποιος της είχε πει ότι είναι καλή επειδή είναι διαφορετική. Του έπιασε το χέρι. Επιτέλους η γοβίτσα είχε βρει κάποιον που του άρεσε που είναι διαφορετική. Έναν φίλο που τη δεχόταν όπως είναι.

«Θες να παίξουμε οι δύο μας;» ρώτησε η γοβίτσα με ανυπομονησία.

«Αμέ! Πες μου τι σου αρέσει να κάνεις.» ρώτησε όλο περιέργεια ο κύριος Μπότας.

«Μου αρέσει να χορεύω!» απάντησε με κέφι η γοβίτσα.

Επιτέλους δε θα χορεύω πια μόνη μου, σκέφτηκε κι άρχισε να στροβιλίζεται. Ο κύριος Μπότας άρχισε να κουνιέται και σήκωσε τα χέρια του στον αέρα. Ήταν αστείος και οι δύο άρχισαν να γελάνε. Μια καινούρια φιλία μόλις είχε ξεκινήσει!!! Η γοβίτσα κι ο κύριος Μπότας δεν άφησαν ποτέ ξανά κανέναν να τους στεναχωρήσει.

Το Ζουρζουβί

Συγγραφέας: Κατερίνα Σούρβου

Σε ένα δάσος πολύ πολύ μακριά από δω, σε μια εποχή που όλα ήταν ασπρόμαυρα και γκρίζα, ο μάγος που ζούσε εκεί είχε την ιδέα να φτιάξει ρούχα από την παλέτα των χρωμάτων κι έτσι να δώσει ζωντάνια και χαρά σε όλους. Θα έφτιαχνε το μέρος εκείνο το πιο όμορφο στον κόσμο, το πιο ευτυχισμένο για όσα πλάσματα ήθελαν να κατοικήσουν. Έστειλε, πρόσκληση σε όλα τα ζώα και τα φυτά να αποφασίσουν τι χρώμα φορεσιά θέλουν για να εγκατασταθούν στο δάσος του. Το μόνο που χρειαζόταν ήταν να έχουν φαντασία, και οι νεράιδες – ράφτρες θα εκτελούσαν κάθε παραγγελία. Τα νέα διαδόθηκαν γρήγορα και όλοι, άλλοι από περιέργεια, άλλοι από βαρεμάρα, άλλοι επειδή πίστευαν ότι τα χρώματα που είχαν σκεφτεί για τον εαυτό τους ήταν τόσο πρωτότυπα που θα τους έδιναν φήμη και δόξα σε όλο τον κόσμο, δέχτηκαν το κάλεσμα.

Όταν πρωτομαζεύτηκαν έκαναν συνέλευση για να αποφασίσουν το χρώμα ή την απόχρωση που ήθελε ο καθένας. Έκαναν έναν νοητό κύκλο και ένας – ένας έλεγε το χρώμα που είχε φανταστεί. Ο μάγος σε μια γωνιά με τις βοηθούς του ήταν έτοιμοι να ακούσουν και να εκπληρώσουν τις επιθυμία τους.

«Γκουχ, Γκουχ», έκανε το κυπαρίσσι και πήρε το λόγο. «Υπάρχω σε αυτόν τον τόπο σχεδόν από πάντα, βλέπω από ψηλά όσα γίνονται στον κόσμο κι έχουν συμβεί πολλά. Ακοίμητος φρουρός τα παρακολουθώ να έρχονται και να φεύγουν, νομίζω ότι έχω το δικαίωμα να αρχίσω πρώτος. Το παράστημά μου είναι τέτοιο που θα μπορούσα να περάσω και για στρατηγός, βλέπετε άλλωστε τον ίσιο κορμό μου, το κωνικό μου σχήμα, πιστεύω ότι μου ταιριάζει ένα εξίσου σοβαρό χρώμα. Θα προτιμήσω το σκούρο πράσινο για τα μικροσκοπικά φύλλα μου τα οποία τα έχω χειμώνα - καλοκαίρι χωρίς να χάνουν τίποτα από την ομορφιά τους.»

Και ο μάγος έδωσε την εντολή να αρχίσουν να υφαίνουν στ' αργαλειά τους οι ράφτρες.

«Εμένα», είπε η λεύκα, «δε με πειράζει που χάνω τα φύλλα μου το χειμώνα, δε θέλω όμως να είναι μονότονα γιατί βαριέμαι εύκολα. Σκέφτομαι πώς ένα ασημί για τη μια μεριά τους και ένα απαλό πράσινο για την άλλη, έτσι ώστε όταν ο άνεμος τα φλερτάρει αυτά ντροπαλά να παιχνιδίζουν μαζί του, είναι ότι πρέπει για μένα.»

Και η νεράιδα ξεκίνησε να ράβει παίρνοντας κλωστές από το φεγγάρι.

«Εγώ θα ήθελα να έχω ένα άσπρο χρώμα για τα ευωδιαστά ανθάκια μου κι όταν αυτά πέφτουν τα γεμάτα με φύλλα κλαδιά μου να είναι πράσινα», μπήκε στη μέση η μηλιά. «Όταν περνάει ο καιρός και τα λουλουδάκια αυτά γίνονται καρποί ζουμεροί και ζηλευτοί να είναι άλλες φορές κόκκινοι, άλλες φορές απαλό πράσινο.»

«Αυτό που θέλω εγώ», φώναξε η κερασιά «είναι τα μικρά μου ζευγάρια φρούτων να είναι κατακόκκινα, τόσο έντονα κόκκινα που κανένας άλλος δε θα δει ποτέ του.»

Κι ο μάγος πήρε στο ένα χέρι του μερικές σπίθες από τις γλώσσες της φωτιάς για τη μηλιά και την αντανάκλαση του ρουμπινιού στο άλλο για την κερασιά.

Μια αστραπή έπεσε μακριά και αμέσως μετά ακούστηκε μια βροντή. Ο ουρανός ήρθε θυμωμένος και φώναξε. «Εγώ είμαι αυτός που βλέπω τα πάντα και όλους ταυτόχρονα. Δεν γνωρίζω κανέναν σας καλά γιατί ζείτε πολύ χαμηλά, στη γη, αλλά σίγουρα, επειδή εγώ είμαι αυτό που γνωρίζει τα πάντα θα πρέπει να διαλέξω το πιο όμορφο χρώμα.»

Φοβισμένοι όλοι σώπασαν και περίμεναν ν' ακούσουν αυτά που είχε να πει. Βλέποντας αυτή την αντίδραση ο ουρανός ένιωσε δυνατός κι άρχισε να ηρεμεί. «Μου αρέσουν όλα τα χρώματα... Μου αρέσει το μωβ», είπε αποφασισμένος στο τέλος. «Μάλλον όχι... το χρυσοκίτρινο.... ή καλύτερα το κοκκινωπό. Μου αρέσει βέβαια και το γκρίζο...». Και συνέχισε αλλάζοντας γνώμη συνεχώς. Από αυτή την κατάσταση δημιουργήθηκε σούσουρο ανάμεσα στους υπόλοιπους. Τόση αναποφασιστικότητα και τέτοια αλλαγή στη διάθεσή του από τη μια στιγμή στην άλλη?

Ο μάγος όμως είχε δώσει ήδη την εντολή να αρχίσουν να ράβονται όλες οι φορεσιές που ζήτησε.

Παρόλο που στην αρχή που όλη αυτή η κατάσταση τους θορύβησε όλους, όταν το ξανασκέφτηκαν βρήκαν πως μόνο κακή δεν ήταν αυτή η αναποφασιστικότητα. Θα μπορούσαν να παρακολουθούν τον ουρανό να αλλάζει φορεσιές σα θεατρίνος πάνω στη σκηνή.

Μέσα από το θόρυβο των συζητήσεων ακούστηκε μια βαθιά και ήρεμη φωνή. «Ησυχία», είπε με έναν τόνο που δε σήκωνε αντιρρήσεις. «Κοιτάζω πάντα τον ουρανό, κατάματα, εσείς όλοι σας θέλετε να καθρεφτίζεστε στα νερά και να βλέπεται τον εαυτό σας πιο όμορφο από ότι στην πραγματικότητα είστε, κι εγώ δε σας χαλάω ποτέ το χατίρι. Τη γαλήνη μου την ταράζει μόνο ο δυνατός αέρας αλλά κι αυτό μόνο στην επιφάνεια. Μένω ατάραχη σε όλα όσα συμβαίνουν γύρω μου προσπαθώντας να κρατώ τις ισορροπίες στο βυθό μου. Θέλω το χρώμα που θα έχει ο ουρανός κάθε στιγμή ανακατωμένο με το πράσινο για τα φύκια μου που βρίσκονται στο βυθό μου.»

Κι οι νεράιδες ξεκίνησαν να υφαίνουν τα νερά της λίμνης όμοια με εκείνα του ουρανού.

Μία τρομερή βουή ακούστηκε από νερά που σπάνε πάνω σε πέτρες και μια φωνή που μιλούσε γρήγορα, τόσο γρήγορα που κανένας σχεδόν δεν κατάλαβε τι είπε, εκτός από το μάγο... Ήταν το ποτάμι. «Έχω γάργαρα νερά», είπε, «τρεχούμενα. Με το που φεύγω από ένα μέρος δεν ξαναγυρνάω... θα πρέπει λοιπόν να είμαι ξεχωριστό. Θέλω το γαλάζιο στο κέντρο μου και στις όχθες μου που θα έρχονται να δροσιστούν τα ζώα, εκείνο του απαλού πράσινου, σα καθρέφτη...» και λέγοντας αυτά εξαφανίστηκε.

Κι ο μάγος διάλεξε το χρώμα του ζαφειριού για το κέντρο του και εκείνο του σμαραγδιού για τις όχθες και τα έδωσε στις νεράιδες για να υφάνουν από το φως τους.

Ένα περιστέρι πέταξε στη συντροφιά τους και δήλωσε: «Θα είμαι απόλυτα ευχαριστημένο με το κατάλευκο στα πούπουλά μου.»

Και μια κλωστή από τα σύννεφα πήγε στον αργαλειό μιας ράφτρας.

«Εγώ θέλω ποικιλία», έκρωξε ο παπαγάλος, «θέλω κάτι έντονο για να ταιριάζει στον χαρακτήρα μου. Το κόκκινο, το κίτρινο και το έντονο πράσινο νομίζω ότι είναι κατάλληλα.»

Τρεκλίζοντας εμφανίστηκε και ο τσαλαπετεινός. «Ένα φαιοκίτρινο με μαύρες βούλες στα φτερά μου και στο κεφάλι μου είναι αρκετά», είπε και κάθισε λίγο μακρύτερα από τους υπόλοιπους για να πάρει έναν υπνάκο.

«Μου αρέσει εκείνο το χρώμα της κανέλας», μουρμούρισε η αλεπού από το βάθος και έκλεισε μια πονηρή ματιά στο λύκο που καθόταν απέναντί της.

«Θέλω ρίγες», είπε η ζέβρα και σήκωσε το ένα μπροστινό της πόδι.

«Αυτό δε γίνεται», είπε η τίγρης. «Κι εγώ θέλω ρίγες, μαύρες ρίγες πάνω σε ένα κιτρινωπό φόντο.» «Τότε εγώ θα είμαι άσπρη με ρίγες», ξαναείπε η ζέβρα και έφυγε θυμωμένη.

«Εγώ είμαι ευχαριστημένος με το απλό μαύρο, αλλά θέλω ένα φωτεινό πράσινο για τα μάτια μου ώστε να μπορώ να βλέπω και στο σκοτάδι», είπε ο πάνθηρας και έδωσε ένα σάλτο και ανέβηκε πάνω σε έναν σφένδαμο.

Μ' αυτόν τον ρυθμό συνέχισαν τις παραγγελίες τους όλα τα ζώα που ήταν παρόντα.

Ήταν τόση η δουλειά που είχαν ώστε οι νεράιδες έραβαν συνέχεια, από το πρωί ως το άλλο πρωί, και τόσο μεγάλος ο ζήλος τους που άφησαν και αυτές ελεύθερη την καρδιά και το μυαλό τους και έκαναν τόσες πολλές στολές που περίσσευαν. Όταν κάποια στιγμή σταμάτησαν, ο μάγος τις πήρε κι έφυγε σκεπτόμενος ότι θα μπορούσε να κάνει το ίδιο και σε άλλα μέρη του κόσμου για να είναι όλοι να είναι ευτυχισμένοι. Φεύγοντας όμως άφησε ρητή εντολή στα πλάσματα του δάσους: «Όλοι όσοι ζουν εκεί θα πρέπει να φορούν τις χρωματιστές φορεσιές, ακόμη και οι νεοφερμένοι να διαλέγουν από αυτές που έχουν περισσέψει!»

Μακριά από το δάσος η ζωή ήταν πολύ μονότονη κι έτσι πολλά ζώα και φυτά έπαιρναν την απόφαση να μεταναστεύσουν εκεί. Μια μεγάλη καφέ αρκούδα ήταν ο φρουρός του και την είχε τιμήσει έτσι ο μάγος γιατί ήταν η πρώτη που πήγε στο μαγικό δάσος. Αυτή υποδέχονταν τους νεοφερμένους και από τις στολές που υπήρχαν τους άφηνε να διαλέξουν όποια τους άρεσε.

Ένα παραδείσιο πουλί, με λοφίο στο κεφάλι του και μία τεράστια ουρά που έκανε ένα πολύ περίεργο θόρυβο καθώς περπατούσε, κάτι σαν ζουρρρρρρρ ζουρρρρρρρρ, άργησε να μάθει τα νέα κι όταν τελικά έφτασε στον μαγεμένο τόπο δεν είχε απομείνει καμιά φορεσιά. Η αρκούδα προσπάθησε να τον βολέψει με κάτι απομεινάρια αλλά δυστυχώς κάθε κομμάτι είχε διαφορετικό χρώμα. Ο φίλος μας δεν μπορούσε να κάνει αλλιώς, τα φόρεσε, γιατί έπρεπε να υπακούσει στο νόμο.

Τα δέντρα βλέποντας το παραδείσιο πουλί με την πολύχρωμη, αστεία του φορεσιά και ακούγοντας τον περίεργο θόρυβο που έκανε περπατώντας, γέλασαν κοροϊδευτικά και σαν κουτσομπόληδες που ήταν άρχισαν να ψιθυρίζουν μεταξύ τους. Σε λίγο τα νέα μαθεύτηκαν σε όλο το δάσος. Από όπου κι αν περνούσε ο μικρούλης μας κανένας δεν τον ήθελε παρά μονάχα τον κορόιδευαν, μέχρι και αστείο όνομα του έβγαλαν, «Έρχεται το ζουρζουβί, έρχεται το ζουρζουβί», φώναζαν όταν τον έβλεπαν.

Περνούσαν οι μέρες κι ενώ όλα τα πλάσματα ήταν ευτυχισμένα, το ζουρζουβί ήταν πολύ στεναχωρημένο. Μόνος του έτρωγε, μόνος του πήγαινε στο ποτάμι για να πιει νερό, μόνος του παρατηρούσε τις διαθέσεις του ουρανού.

Μια μέρα, ήρθε η βροχή για επίσκεψη, ο ουρανός φόρεσε την αυστηρή γκρι φορεσιά του που είχε φυλαγμένη, τα δέντρα κατέβασαν τα φύλλα τους, τα λουλούδια έκλεισαν τα πέταλά τους και όλα τα ζώα και τα πουλιά κρύφτηκαν. Όλοι δυσανασχέτησαν με τη βροχή εκτός από το ζουρζουβί το οποίο όχι μόνο δεν κρύφτηκε αλλά δε δίστασε να τη φωνάξει μήπως και μπορέσει να πιάσει κουβέντα μαζί της. Η βροχή άκουσε το κάλεσμά του και καθώς περνούσε ανάμεσα από τις κλαίουσες ιτιές είδε το φίλο μας και χάρηκε, αν και δεν μπόρεσε να συγκρατήσει ένα μικρό γελάκι όταν τον πρωτοαντίκρισε. Συστήθηκαν και έπιασαν την κουβέντα. Μίλησαν γι' αυτά που συνάντησαν στους άλλους τόπους που ήταν, τι τους άρεσε, τι όχι. Η βροχή όμως δεν μπόρεσε να κρατηθεί άλλο και ρώτησε όλο περιέργεια. «Πού είναι όλα τα ζώα και τα πουλιά; Γιατί κατσούφιασαν τόσο τα δέντρα; Μέχρι και οι ιτιές προσπαθούν να κρύψουν τις φυλλωσιές τους στα νερά της λίμνης.»

«Δεν τους αρέσεις πολύ», απάντησε το ζουρζουβί και κατέβασε το κεφάλι γιατί κατάλαβε ότι αυτό που είπε θα τη στεναχωρούσε. «Όταν έρχεσαι κανένας δεν μπορεί να παίξει στο γρασίδι, κανένας δεν μπορεί να πετάξει και γι' αυτό το λόγο κρύβονται στις φωλιές τους», είπε ντροπαλά.

«Είναι αχάριστοι», φώναξε η βροχή. «Χάρη σε μένα αυτός ο τόπος είναι τόσο πλούσιος, χάρη σε μένα τα ποτάμια και οι λίμνες έχουν νερό, αυτό είναι το ευχαριστώ που ενώ ταξιδεύω σε όλο τον κόσμο δεν τους ξεχνώ ποτέ;» Λέγοντας αυτά τα λόγια η βροχή άφησε την οργή της να φανεί στέλνοντας τις σταγόνες της πιο έντονες και πιο πυκνές. Συνειδητοποίησε όμως ότι έτσι έκανε κακό στον καινούργιο της φίλο και καταλάγιασε. Τότε της ήρθε μια ιδέα! «Πάμε», του λέει, «να φύγουμε από δω; Θα ταξιδεύουμε μαζί, θα γυρίσουμε σε πολλά μέρη, θα δούμε και άλλα θαυμαστά πράγματα, κι αν δε μας συμπεριφέρονται καλά δε θα μας πειράζει γιατί θα έχουμε ο ένας τον άλλο.» Στο ζουρζουρβί η ιδέα αυτή δε φάνηκε καθόλου άσχημη. Σκαρφάλωσε στον ώμο της και άρχισαν να πετάνε μακριά.

Βλέποντας οι κάτοικοι του μαγικού δάσους τη βροχή να φεύγει μαζί με ζουρζουβί βγήκαν από τις κρυψώνες τους και τους αποχαιρετούσαν, με κακία θα μπορούσε να πει κανείς αφού εύχονταν να μην ξαναγυρίσουν. Η βροχή αγανάκτησε με αυτή τη συμπεριφορά, θύμωσε ακόμη πιο πολύ και το νερό που έριξε ήταν περισσότερο παρά ποτέ. Το ζουρζουβί, όμως, ευαίσθητο όπως ήταν, δεν μπορούσε να θυμώσει. Στενοχωρήθηκε τόσο πολύ που άρχισε να κλαίει. Το νερό της βροχής ανακατωμένο με τα δάκρυα του πουλιού χτυπούσαν απαλά την ουρά του. Και τότε έγινε κάτι τόσο θαυμαστό... Είχαν αρχίσει να ξεβάφουν τα χρώματα της ουράς του και καθώς έφευγαν άφηναν πίσω τους ένα υπέροχο τόξο από όμορφες απαλές αποχρώσεις όλων των χρωμάτων. Τότε κάποιος αναφώνησε:

«Το βλέπετε αυτό το χρωματιστό τόξο στον ουρανό;»

Το ζουρζουβί είναι ακόμα φίλος με τη βροχή. Από όπου περνάνε αφήνουν πίσω τους το ουράνιο τόξο. Για το μαγικό δάσος κανένας δεν ξέρει να πει αν υπάρχει ή όχι. Πολλοί θέλησαν να το επισκεφτούν αλλά δεν το βρήκαν ποτέ τους.